文芸社セレクション

ロビーチェア

おーさか充
OSAKA Mitsuru

JN166209

文芸社

目次

第一章

市の出先機関が入った合同庁舎の一角にわたしが勤める図書館がある。合同庁舎の玄関を入ると、吹き抜けの広いロビーがあり、その奥の生涯学習プラザの前には、円形に並ぶロビーチェアがある。中央に観葉植物が置かれ、台形の椅子が背中合わせに円を描くように並んでいる。

仕事終わりにわたしは、毎日そこに座って身支度を調える。

そこに座る人は、それぞれが違う方角を向き、誰一人として目を合わすことはない。言葉を交わすこともない。

一〇月三日

三ヶ月くらい前の話である。生涯学習プラザの前に置かれたロビーチェアにわたしが座ると、どこで見ていたのかと思うくらいのタイミングで彼がやってきて、わたしの隣に座り、正面に鎮座する市立図書館のガラス扉を見ながら話しかけてきた。

わたしはというと、いつもと同じように高校時代から使っているL.L.Beanのデイパックを肩から下ろし、こちらも使い込んだTHERMOSの水筒の口を開けて渇いてもいない喉を潤す。

「あのー、ちょっといいですか。」

やっぱりきた。いいもんか。わたしは疲れてるんだ。水筒の口を閉めてパックに押し込み、帰り支度をしてみせた。たった今、図書館の書架の整理を終えて一息ついて帰ろうとしているのに、ここでキミの相手をしていたら夕飯時には帰れない。

「ボクの名前は颯太、大森颯太《おおもりそうた》といいます。」

唐突なヤツだ。こちらの都合なんてまるで考えない。

「続かないんですよねぇ。仕事が…。」

いや、ちょっといいですか、と言われて必死にシカトしていたわたしをシカトかよ。

「大学を出ても特にやりたいことも見つからず、というかもともと働く気なんてなく、家で引きこもっていたんですけど…。」

絶対に応えない。このままシカトして夕飯時に帰るんだ。

「教員不足ってやつで、教員免許があってぶらぶらしているボクみたいな人間は、黙っていても就職の斡旋が回ってくるんです。」

「ふ〜ん、そうなんだぁ。」

まずい、反応してしまった。シカトが崩れてしまった。

「条件がまたいいんですよ。教育実習で撃沈し、子どもの声を聞くだけで逃げ出したくなるボクでも、試験を突破して採用された立派な新採用教員とほぼ同じ待遇で採用するというんです。」

彼は続けた。

「給料も二〇万以上もらえる。しかもボーナスも。これってバイトで同じだけもらうとしたら結構高いハードルなんですよ。」

よくしゃべる男だ。

「結局六月からやってるんですよ。先生。しかも担任。小三の三〇人が毎日ボクが来るのを待っているんです。今日はどうしてくれようか、と。」

もう限界だ。このまま聞いていたらわたしの夕食は夜食時になってしまう。

「今日はこのあと約束があるから失礼するよ。」

きっぱり言ってやった。しかし彼はわたしの「今日は」を聞き逃さなかった。

「じゃあ明日、同じ時間にここで待ってます。ここに来ます。」

待っていられると裏口からでも逃げると思ったのか、「待ってます」をわざわざ「ここに来ます」に言い換えた。おぬしもなかなかやるのう、と感心している場合ではない。

「約束はできないよ。」

「大丈夫です。」

なんだか上から目線。

「ボクは来ますから。もっともっと聞いてほしいから。」

これ以上は無理、とわたしは立ち上がり、プラザのロビーを抜け駅へと向かった。


わたしの名は、小袋《こぶくろ》喜一《きいち》。わたしが住む田下市は、人口一〇万人足らずの地方都市。市の中心部である田下駅前には図書館や公民館、生涯学習プラザなどが入る市の合同庁舎がある。その一階、ロビーの奥にある市立図書館がわたしの仕事場だ。仕事と言っても、図書館司書の資格があるわけでもなく、半年ごとに更新していく会計年度職員として九時から一七時まで一日七時間、雑用係を仰せつかっている。

子どもの頃からアウトドアというよりインドア、ワイワイガヤガヤというよりひっそりコソコソ、リーダーシップよりもフォロワーシップ、しかもあまり役に立たない。そんなわたしに図書館の雑用係はうってつけ。責任の少ない会計年度職員という居心地のよさもあって、もう一〇年以上ここに浸りきっているため、三五歳の今も両親と暮らす独身だ。

田下駅から北町方面行きの電車に揺られ五つ目の山上駅が最寄りの駅。うっかり寝過ごしてしまうとさらに三駅先の終点まで夢の中ということも一度や二度ではない。正確には六回あった。

今日は勇気を出して立ち上がることができたので、なんとか夕食時に家に着くことができた。会計事務所で行政書士をしている父はまだ帰宅していない。同じ事務所で事務員として働いている母は、定時に帰ってきてわたしと一緒に夕食時に夕食をとった。午後七時を少し回っていた。

一〇月四日

今日は朝から雨。わたしは雨の日の図書館が好きだ。図書館独特の紙にかび臭さが混ざったような匂いは雨の日に際立つ。そういう意味では梅雨時が一番だと思われるが、どんなにおいしいご馳走でも、一〇日も続けばいやになるもの。梅雨時にはこの匂いが苦手になる。だから秋の雨の日がわたしにとってはベストなのだ。

しかし、仕事ははかどらない。雨の日は、午前中は小さな子どもを連れたお母さんが公園から流れてくる。還暦を過ぎた常連さんたちは、最初は目を細めて見ているが、だんだんその目も険しくなり、しまいには「もう少し静かにさせてくれないか。」とわたしに言ってくる。自分で言えばいいじゃないかと思うけど、大きなもめごとを回避するためにはわたしからやんわり伝える方がいい。

「静かに本を読む場所だから大きな声は出さないようにしようねぇ。」

母親にではなく、子どもに言う。母親とは目を合わさずに。

午後になると、雨宿りの主婦や学生が増える。好きな本を探したり、自習室で勉強をしたり、雑誌を眺めたりしながら、窓から様子をうかがい、外に出るタイミングを計っている。

午後四時。

そろそろあがってくれるとありがたいんだけど…。わたしの願いが届いたのか、雨があがってみんな帰り支度を始めた。

返却本を点検し、消毒してから書庫に戻す。午後の分を一気に済ますと、図書館の大時計がわたしの退勤時刻である五時を告げた。

「お先に失礼します。」

会計年度職員であるわたしは、残業をすることもなく時間通りに図書館を出る。一般の職員さんは六時に図書館を閉め、そのあと掃除やら何やらをしてだいたい七時くらいに図書館を後にするが、はじめから残業手当も見込まれていないわたしたちは、さっさと帰った方がいいらしい。

しかし、そんな職員さんとわたしの帰宅が同じ時間になったり、わたしの方が遅くなることがよくある。今日もそうなるに違いない。悪い予感はだいたい当たる。


わたしが図書館を出て、生涯学習プラザの前に置かれたロビーチェアに座ろうとするかしないかのタイミングで彼はやってきて、腰掛けるわたしの動きにシンクロしながら横に座った。今日も正面に鎮座する図書館のガラス扉を見ながら、

「こんばんは。」

と話しかける彼の顔を、今日はまじまじと見つめながら言ってやった。

「こんばんはじゃないよ。」

昨日はまともに目も合わさなかった彼の風貌は、背は一七三センチのわたしよりやや低く痩せ型、髪の毛は今風の柔らかサーファーもどき。しかし色白で眼光鈍く、浅い呼吸が気になる。ブルーのワイシャツにノーネクタイ、ダークグレーのチノパン、これはユニクロかGUか。履きつぶしたようなニューバランスのスニーカーの黄色が浮いていた。

「一時間だけだからね。」

三〇分と言えばよかったと思いながらも、一時間で終わったことがない経験から、自分で自分の首を絞める時間設定をしていた。

「ここでいろんな人のカウンセリングをしているんですね。」

「……。」

いやいや、そんな覚えはないから。

「SNSでは有名ですよ。ロビーチェアのフクロウさんて。」

「誤解しているみたいだから言っておくけど、わたしはカウンセリングなんてした覚えはないし、そんな資格も持っていないし。

ただ、ここに座っているときに話しかけられて、なんとなく応えていたら『ありがとうございます。あなたのおかげで明日からも生きていけます。』なんてことが何回かあっただけだよ。それと、フクロウではなく、小袋ですから。」

「森の賢者フクロウにかけているのだと思います。とにかくよろしくお願いします。」

「一応聞くけど、期待しないでね。……で、どうしたの？」

「ぼく、教員養成系の大学を出てるんですよ。県内には二校しかないけど、国立の方を。」

「先生になりたかった…。」

という暇《いとま》を与えず彼は続ける。

「わけではありません。ボクは高校は中退していて、高卒認定を取ってなんとか大学に入ったんです。」

「最初から先生になりたかったわけでは…。」

「ありません。それでも四年間も通えばそういう気持ちになるんじゃないか、って母親は思っていたようですが、そんな気になることはありませんでした。」

「なりたいと思っていたわけでもないのに教員養成系の大学に入って、先生になりたいという気持ちにもならなかったのに、なぜ今、先生と呼ばれる立場にいるのですか…。」

「そこに至るには、ボクの中で、いや外でもいろいろなことが起きていたんです。」

「そこに至る前って、いつ頃まで遡るの?」

「たぶん、小学校にあがった頃からだと…。」

いやいや、これは相当長くなることを覚悟しなければならないぞ。適当なところで切り上げて、続きは後日、ということにしなければ夜食時にすら帰られない。

「では、その小学校の頃の話から聞こうか。」

不登校

「どこがいたいの？」

「おなか。」

「おなかのどこらへん？　ここ？　それともこっち？」

「わかんない。」

「わかんないではわかりません。ママも仕事に行かなきゃならないんだから。」

「だっていたいんだもん。」

「学校でなんかあったの？　そういえば昨日から元気がなかったわよねぇ…。」

「べつに…。」

　さすがママだ。昨日のボクの様子に気づいていた。大人になった今なら、なんてことはないことと受け流すことができるくらいのことだけど、あの頃のボクにとっては、天地がひっくり返るほどショック…というより恥ずかしい出来事だった。

　それは、掃除の時間に起きた。廊下でバケツを運んでいたボクは、急に水槽で飼育しているカエルが見たくなった。春先に、田植え間もない田んぼで見つけたカエルの卵。最初は気持ち悪くてさわることもできなかった。それがオタマジャクシになり、足が生え、尾っぽがなくなり、いつのまにかカエルになっていたあいつが無性に見たくなった。運んでいたバケツを置き、ボクは背伸びして水槽をのぞいた。ガラス越しではあるが、その姿は愛嬌があり、吸盤がやけに大きい手足が滑稽だった。もっともっと、という欲求のままその姿勢を続けていたら、とつぜんカエルがボクの顔に向かって跳んできた。もちろん、ガラス越しなので直接顔にあたることはないが、そんなことはお構いなしに反応するのが生物の性。ご多分に漏れずボクはびっくりして斜め後ろにとんでしまった。そのまま尻餅をつくと思ったら、こらえようと頑張った右足が汚れた水の入ったバケツの中に。勢い余ってボクもろともバケツも転がり、そこら中が濡れてしまった。「どうしよう」バケツの水の冷たさと恥ずかしさでボー然とした頭で、とにかく立ち上がらなければと心を決め、膝に手を当てなんとか立ち上がった。ひたひたとしたたり落ちる水跡がボクの後ろをついてくる。ボクはびしょ濡れのまま、引きずるような足取りで担任の先生のところに行った。

叱られる。とにかく謝らなきゃ。早く。自分に急かされる。

「ママ、ごめんなさい。」

あっ、先生のことママって呼んじゃった。

「…。」

一瞬、何が起きたのか分からずにいた沈黙のあと、周りの友だちの目線や声がボクの目に、耳に、飛び込んできた。

「ママって言ったよねぇ。」

「ママだって。」

「先生をママって言ってるよ。」

「見ろよ、お漏らししたんじゃない。」

「ほんとだ、ズボンも靴もびしょ濡れだぁ。」

「ええ、恥ずかしい。」

「先生、ごめんなさい。カエルを見てて水をこぼしてしまいました。」というはずが、お漏らしをした上に、先生をママと呼んだおかしな子になってしまった。ボクは真っ赤な顔をしてその場にしゃがみ込んでしまった。その後はどうやって帰ってきたのかさえ覚えていない。

翌日

それがあったから今日は休みたい、というわけではなかった。本当にお腹が痛い。でも、どこがどんなふうに痛いのかと聞かれても、うまく説明することはできなかった。

業を煮やしたママは、学校へ電話をした。

「先生、申し訳ございませんが、うちの息子、朝からお腹が痛いと言っているので、今日一日休ませようと思います。」

「あら、それは大変。わたしも昨日、あんなことがあったから心配していたんです。」

「あんなこととは?」

先生は昨日の出来事を母に話した。カエルを見ていてバケツの水をこぼしたこと。先生をママと呼んだこと。そしてお漏らしをしたと笑われたこと。

「気にしないように伝えてください。」

「でも、そんなことくらいで休むなんて。」

「いいえ、今はそうなんです。無理にでも学校に連れて行く時代ではないのですよ、お母さん。お子さんの意志を大切にしてあげてください。」
「休みたかったら休んでいいって。ママは仕事に行くからね。」
そう捨て台詞を吐くと、ママはそそくさと仕事に行った。
「別に休みたくて休むんじゃない。お腹が痛いんだって…。」

その日からボクは休みがちな子どもになった。今で言うところの不登校。お腹が痛い、頭が痛い、体がだるい、気分が乗らない…、理由は何でもよかった。最後には、学校に行きたくない、という理由にもならない理由がまかり通っていた。頑張れば行けないことはないくらいの日でも、「あなたはどうしたいの。」と聞かれると、「休む。」と答えてしまう。心の中では、「大丈夫、大丈夫。これくらい平気だから行っておいで。」と背中を押されることを期待しつつ、学校に行く、行かないの選択すら自己責任という名の鎖で縛り付けられ、距離をおいて何の責任も取ろうとしない大人たちの中で、ボクは不登校になっていった。

不登校というレッテルを貼られた『ちょっと痛い子』それがボクだった。

その後のボクはというと、何かと理由を付けては休み、気が向いたら登校するという毎日を送った。小学校とはいえ学年が上がるにつれて勉強も難しくなる。宿題や家庭学習もどんどん増えていく。それでも毎日元気に登校してくるその他大勢のクラスメイトとボクとの距離は、どんどん開いていった。一年生の頃は、朝迎えに来てくれていた四軒先のコウタ君も、一年生が終わる頃には迎えに来なくなった。

二年生になると、休んだ日に届けてくれていたパンや牛乳、プリントが届かなくなった。食品衛生上の問題だそうだ。プリント類は、週末に担任の先生が届けてくれた。

三年生になると、クラス替えもあり、担任の先生も替わった。ちょっと怖い感じのおじさん先生で、外見としゃがれた大きな声が苦手で、ますます学校に行かなくなった。ボクが怖がっていることをママが先生に伝えたもんだから、おじさん先生は、プリントをわが家のポストに入れるようになった。それでも、四年生まで担任してくれたその先生は、学級会の役員や係活動を決めるときなどは、ボクの希望を聞いてくれた。図書の貸出をやってみたいと思ったボクが図書係に立候補したときには、天地がひっくり返ったかのごとく大げさに喜んでみせ、本来は各学級二名選出するところを、担当の先生に無理を言って三名にしてもらい、強引にボクの名を入れてくれた。となれば、図書の貸出を担当する水曜日には学校に行きたくなるもの。水曜日は張り切って登校、その反動で木曜日はほとんどお休み、頑張って金曜日には登校するものの、月・火は家でだらだら…みたいな生活も長くは続かない。

「本の貸出がしたいから学校に来ているの？」

という悪意も敵意も何もない子ども特有の思ったことをそのまま口に出しただけの、よく言えば素直で、悪く言えば容赦ない一言で、ボクは反対に水曜日だけは絶対に行けない子になった。

別に本の貸出がしたいから学校に来ているわけじゃない。いや、仮にそうだとしても、いやそうだけど、そうだからこそ、そう言われたくはなかった。勝手な言い分だとはわかっているが、当時のボクにとっては引くに引けない意地みたいなものがそこにはあった。先生に聞かれても、親に聞かれても理由は何も言わなかった。そんなことでくらいで、と思われるくらいの理由だということはわかっているから。

こんな調子だから、五、六年生になったときには登校することが珍しい感じになっていた。五、六年生の時の担任は二〇代後半の若い女の先生で、全員に居場所がある温かいクラスをめざし、勉強はもちろん、休み時間の全員遊びやお楽しみ会などの企画ものにも力を入れた。先生の熱量が多ければ上手くいくほど学校現場は単純ではないらしく、先生が頑張れば頑張るほど、ノリノリでついていくグループとしらけた顔をして後ろでブツブツ文句を言うグループの差が大きくなっていった。高学年という発達段階もあってか、六年生の後半くらいには、真面目に話を聞く子もいなくなり、先生の熱量もぐっと減って、早く卒業式を迎えたい、と先生も子どもたちも思うようになっていた。

ボクはというと、先生や友人たちの熱量に左右されることもなく、一ヶ月に一回か二回登校すればいいくらい。第二次反抗期も思春期も人並みに経験することなく、蚊帳の外というか、反対に蚊帳の中に籠もって外の様子を眺めるだけの小学校生活を漫然と過ごしていた。

卒業式は行きました。ボクの居場所もしっかり確保してくれていた担任のおかげで、卒業生の島に違和感なく溶け込み、見よう見まねで立ったり座ったり、卒業証書を受け取ったりすることができた。感動することはなかった。ただ、こんなんでも卒業証書はもらえるんだ、と思ったことは覚えている。

午後六時

ここまでで一時間ちょっと。ボクはまだ小学生。わたしは長くなることを覚悟で、一度乱暴にまとめてみた。

「キミは小学生時代、いくつかの出来事を経験して不登校傾向の子どもになった。

ちょうど、無理矢理学校に行かせようとする時代ではなくなったことや、いじめられている側の主張が全面的に支持されるような時代に変化したことで、心に大きな傷を負うような大事には至らなかったが、なんとなくそこら辺のぼんやりした対応というか、責任を負わない優しさがキミの周りの空気感を作り出し、今のキミを形作っているような気がするね。」

「『優しい』って言葉がボクは一番嫌いなんです。」

わたしも『優しさ』に嫌悪感を持っている人間の一人だ。『優しさ』という仮面を被ると、どんなことでも許される。小さな親切が大きなお世話になり、転ばぬ先の杖が抵抗力や対処能力、反射神経を奪う。一見、相手のことを思いやっているように見える優しい行為のほとんどは、相手を見下した上から目線であり、自分かわいさの偽善だったり優越感だったりの自己中心の考えが潜んでいる。…ようにわたしは思っている。『やさしい』を漢字で書くと、優れるという漢字であり、優先、優勝、優位…など、相手よりも優れている、勝っている側から見た行為でしかない。

「仕事が続かない理由の一つがわかったような気がするけど、これだけではないはずですよね。このまま続けても大丈夫かい？」

「はい、続けさせてください。」

中学校入学

小学校ではそのまま〝不登校傾向〟の子どもを演じてきったボクだったが、中学校に上がるとご多分に漏れず『完全不登校』の生徒になった。時間通りに登校したのは、ボク自身の入学式だけ。それ以外は、面談やカウンセリングのためにママと一緒に数回行ったくらいで、せっかく買った制服も、一〇回も着てないかもしれない。当然まだ新しい。

ボクが通った、というか通うはずだった中学校は、近隣の二つの小学校の子どもたちが進学する中学校で、一学年四クラスあるどこにでもあるような平均的な中学校だった。入学式の日、玄関でクラスが知らされ、母親とキョロキョロしながら教室まで行く。教室の中へ入ると、ほとんどの子が席についていた。

ボクが教室に入ると、まわりがざわついた、気がした。みんながボクを見ている。何だったらボクの方を指さしながら隣同士でひそひそ話している、気がした。同じ小学校から来た子が半分くらい。その子たちは不登校傾向だったボクのことを知っていてざわついているのだ、きっと。隣の小学校から来たもう半分は、当然ボクのことは知らない。もちろん不登校傾向だったことも。であれば、その視線やざわつきの原因は、ボクの見た目か。制服はみんなと同じはずだけど…。

とにかくみんなの視線が痛いくらいに刺さるので、ボクはハァハァハァハァ、という速い呼吸とスーゥ、フゥーという深呼吸を繰り返していた。過呼吸一歩手前だ。その後のことはほとんど覚えていない。顔面蒼白で過呼吸を発症したボクは、初めて会った背の高い七三分けに黒縁メガネの担任の指示で保健室に連れて行かれ、ママ付き添いのもと落ち着くまでベッドで横になっていた。その間に晴れの入学式は終了し、ボクとママは誰に会うこともなく、静かに学校を後にした。そんなことがあったからか、次の日からボクは完全不登校の生徒になった。

年間三〇日以上欠席すると、学校では不登校※と呼ぶ。まず一週間休んだ時点で担任が家庭訪問にきてママと密談する。二週間で担任と生徒指導の先生、三週間では教頭先生と担任が…、という具合に家庭訪問ラッシュが続き、スクールカウンセラーや校長先生までかり出されたところで三〇日を超え、ボクは完全不登校生徒という肩書きを得るに至った。

※文部科学省では、「不登校児童生徒」とは、「何らかの心理的、情緒的、身体的あるいは社会的要因・背景により、登校しないあるいはしたくてもできない状況にあるため年間三〇日以上欠席した者のうち、

病気や経済的な理由による者を除いたもの」と定義している。

中二の夏休み

そんな中学校生活の記憶の中でも忘れられないのは、中二の夏休みに学校で起きたあの出来事だった。

中二の担任は女の先生で、会ったこともなかったが、夏休みで学校には他の生徒は誰一人いないので、わたしとだけ会うという約束で、今後の進路などについて話しましょう、と誘われた。中二になっても月に一回か二ヶ月に一回くらい家庭訪問に来ていたが、玄関先でママと何やら話すだけで、ボクが顔を出すことも話すこともなかった。しかし、それでは『お上』が許してくれないらしい。

ボクとママは重い足取りで中学校の玄関に着いた。二度目の登校だ。玄関にはやや背の低いショートヘア、膝丈のスカートに白のブラウスがやけにまぶしい女の先生が待っていた。

「担任の坂本《さかもと》です。」

意識的に上げられた口角とは裏腹に、なめるようにボクを観察する鋭い視線に、過呼吸になるといういやな予感を必死に振り払い、先生の方は見ずに案内されるままに二年三組の教室に向かった。

「いやぁ、今日は暑いですねぇ。こちらにおかけください。」

今まで気にならなかった蟬の鳴き声が、突然頭の上から降ってきた。同時に、顔中の汗腺から大粒の汗が浮いてきた。

「さあ、こちらへどうぞ。」

促されるままにボクとママは窓際の生徒用椅子に座った。担任の坂本先生は、向かい合わず、右斜め前の席の椅子を横向きにして座り、はすに向き合う。

「今日はお忙しい中、本当にありがとうございました。」

常套句なのだろうけど、不登校をしている生徒が忙しいわけがない。ちょっとピントがずれている人かもしれない。

「学校に来るのはどれくらいぶりなのかしら。外にはよく出るの？」

ボクに話しかけているが、人見知りのボクの口は簡単には開かない。返事を待てない先生は、ボクが返事をためらうと、次から次へとたたみかけてくる。

「おうちではどんなことをしているの？」

「好きな音楽とかはある？」

「アニメは？」
「ゲームは？」
「好きな食べ物は？」
「趣味は？」
お見合いか。
先生の声だけが無情に響く教室で前の戸が開き、ワイシャツ姿の薄髪が、額という
か頭の汗をタオルで拭きながらズカズカ入ってきた。
「こんにちは。教頭の鮫島《さめじま》と申します。」
誰もいないんじゃなかったのか。
「いやぁ、はじめまして。この四月から本校の教頭をしております。大森君のことは
前任の教頭からも引き継いでおりました。」
「はあ。」
ボクとママはどちらからともなく顔を見合わせ、ため息ともつかない大きな息を吐
いた。
「わたしが着任してからも、四、五、六、七月ともう四ヶ月も顔を見ておりませんで
した。さすがに『生存確認』をしなければ、と思ってました。ちょうどよかったで
す。」

「生存確認」という言葉を生まれて初めて聞いた。だれの？　えぇ？　ボクが生きているということを確認に来たというの。ちょうどよかった、って何だよ。

そんな言葉をママが逃すわけがない。

「生存確認とはどういうことですか？　ちょうどよかったとは何ですか。」

「いえ、全国的に不登校の生徒が増えていまして、その中には痛ましい事故というか苦しい思いをしている子どもたちもいるので…。」

「虐待を疑っているということです、ねっ。」

『ね』に力が入っていた。

「生存確認」

誰もいないはずの学校に呼び出されたボクは、初めて会った薄髪の教頭の口から出たこの言葉に、強烈な違和感と不信感を抱き、学校という存在がどんどん遠のいていくのを感じた。

「生存確認できたのなら、もう用はありませんね。帰りますよ、颯太。」

それからも何度かママと学校に行った。中二の冬には、進学のために三者面談をしなければならないという理由。中三になると、完全不登校では進学先に願書を出すことすら難しいので…と、保健室の先生との面談やスクールカウンセラーとのカウンセリング、それからスクール・ソーシャルワーカーという訳のわからない肩書きの人にも会った。もちろん三年の新しい担任や「生存確認」が使命の教頭にも会いたくはなかったが、会う羽目になってしまった。「生存確認」ができなければ、児童相談所か警察に通報しなければならない、という脅しに屈して。

そして最後は卒業式の日。ノーマルな卒業式が午前中に終わった後、午後一時三〇分からボクだけの卒業式を体育館で行った。保護者席にはママだけ。はじめて会った校長先生と、薄髪の教頭と担任、そしてぽつんとボクが体育館の真ん中に座らされた。早く終われ、早く終われ、こんなの地獄だ。と爪が刺さるほど両手の平を握りしめ、歯を食いしばって下を向いているボクのことなんて、ひとつも見ていない校長は、卒業証書を手渡した後、長々と式辞を宣った。最後に、

「卒業生が退場します。皆さん拍手でお送りください。」

と薄髪が叫び、ボクはママと一緒に、三人の拍手に送られて体育館を後にした。もう二度とここに来ることはない。絶対に。

高校・予備校、そして大学

一五の春、高校には合格した。中学で完全不登校だった子でも、願書を出し、試験当日、学校に来て試験を受けさえすれば合格通知がもらえるような私立高校がどこの町にもあるようだ。

断っておくが、ボクは勉強ができない方ではない。普通に学校に通っていれば、上の中くらいにはいると思う。しかし、さすがに完全不登校ではそうはいかない。数学や理科、社会科くらいは教科書を見ているだけでだいたいはわかるが、国語と英語に関しては、何が正解なのかがわからない。英語の発音になるとユーチューブで見たところで、眠くなるばかり。結局この二教科が下の下になってしまうので、成績としては中の下というところか。いや下の上あたりか。毎日真面目に学校に通っても不登校のボクより下の人がいるということに関しては、何か申し訳ない気もするが、それぞれの生き方なのだから仕方ない。

しかし、せっかく入った高校でも、ボクはほぼ不登校だった。完全不登校でも卒業証書がもらえる中学校と違い、高校は必要な授業を受けて試験を通らなければ、補習や再テストが待っている。それでも合格できなければ留年することになる。そんなわけで、ボクは一年生終了を待たずに自主退学した。

その後一年間は何もせずに家にいた。といっても、これまでと変わるところはない。変わったのはその次の年、同級生が高校三年生になった年からだ。

物心ついたときにはママは離婚しており、父親の記憶が全くないボク。女手ひとつでボクを育てたママにとって、ボクが中卒で終わるということは、結婚ばかりか子育てまでも失敗したことを意味する。そんなこともあってか、縁遠くなっていたおじいちゃん、おばあちゃんや親戚に対する後ろめたさや劣等感は頂点に達していた。そこでママが考えたのは、ボクを大学に進学させること。中卒のボクを一足飛びに大卒にしてしまおうという作戦だ。これにはボクも面食らった。だって小学校にもまともに通っていないボクだよ、中学校の卒業証書もお情けでもらったようなボクだよ。どの面下げて大学になんて通えるというのだ。第一ボクを入れてくれる大学なんてあるはずがない。それとも金の力を借りるのか。いや、わが家にそんな余裕などない。

しかし、ママは諦めなかった。インターネットを駆使して調べまくって「高等学校卒業認定試験」というヤツを見つけてきた。一般的には高卒認定試験と呼んでいる文部科学省が行っている国家試験だ。それさえ合格すれば大学入学試験を受けられるという。受験科目はセンター試験とほぼ同じで、国語、数学、英語の三教科に社会と理科は複数科目選択する。毎年八月と一一月に試験が行われるが、一発勝負ではなく、合格した教科や科目は次回からは免除になるので、受ける毎に受験教科や科目は減っていく。全教科目合格した時点で高等学校卒業者と同等以上の学力がある者として『お上』から認定され、就職や資格試験、進学にも活用することができるという。

「どう？」

駅前にある大手予備校のサテライト校や首都圏の予備校のパンフレットを取り寄せ、ママは夕飯時になると毎日のように話しかけてくる。高校二年生にあたる一年間、来る日も来る日もボクに高卒認定試験を受けさせ、見事に合格し、その勢いで大学受験へ向かわせるシナリオを話し続けた。それは門前の小僧でなくても覚えてしまうほど繰り返され、こんなに重いボクの腰を上げてしまうくらいの執拗さだった。

「四月から高認予備校に通うよ。通えばいいんでしょ。」

やけくそ気味に啖呵を切ったボク。同級生の多くが高校三年生に進学した春、ボクは駅前にある大手予備校のサテライト校に通うことになった。例によって長続きしないことを予想しながら。

しかし、この予備校がボクの人生を一八〇度変えた。これまで小・中・高校では、一つの教室に三〇人以上の同級生が入れられ、同じ時間に同じ内容の勉強を同じようにすることを強いられていた。たまたま同じ時期に同じ地区に生まれ、たまたま同じクラスになった赤の他人と、仲良くしろとまでは言わないが、うまく合わせたり、最低でももめないように気を配って生活することを求められた。そんな学校に馴染めず、不登校を選んだボクが、駅前にあるこの小規模なサテライト予備校で、生まれて初めて家以外に居場所を見つけることができた。

その予備校は、大学受験のための予備校が本業であり、昼間は浪人生、夕方からは現役の高校生が通っている。浪人生のクラスは、隣に座っている学生やまわりにいるのは全てライバルであり、今年こそはと殺気立ち、親しげに話すこともない雰囲気だった。一方、高校生のクラスは学年が下になるほどいろいろな面で緩くなる。その一番緩い雰囲気を醸す高校一年生のクラスよりもさらに緩い雰囲気のクラスが、「高卒認定クラス」である。緩いというか、だいたい人がいない。ボクのクラス、といっても高卒認定クラスは一クラスしかないのだが、とにかくボクのクラスはボクを含めて四人しか在籍していない。

一人は大工見習いをしている山本《やまもと》さん。二八歳。若い頃はやんちゃしていたらしく、暴走族の総長にまでになった人。一七歳の時、警察の世話になったことで高校は退学になったらしい。退学後は、何をするということもなく毎日街をふらふらしていたが、そんなときに今の大工の棟梁に拾われたらしい。その後、見習いとして腕を磨き、なんとか一人前になった頃に嫁をもらい、子宝にも恵まれた。今後は大工として独り立ちするために、建築関係の資格を取りたいと、まずは高卒認定を目指している。しかし、仕事も忙しく、週に一回くらいしか来ていなかった。苦手は国語。言葉よりも先に手が出るタイプだから、と笑っていたが、目尻はキリッと上がっていた。

もう一人は、よし子さん。六七歳と言っていた。子どもの頃、家が貧しくて、兄弟姉妹が多かったので、とにかく苦労したそうだ。長女のよし子さんは口減らしのために一日でも早く家を出て親孝行をしたいと、一六歳で住み込みの奉公に出た。一七歳で結婚したが、その後も生きていくのがやっとという毎日だったそう。何十年も休む間もなく突っ走ってきたが、子育ても終わり、孫たちもだんだん大きくなった今、自分の人生を振り返ってもう一度青春を取り戻したいと一念発起、大学を目指したいと考えるようになったという。今は、毎日予備校に通っている。苦手は英語。もう頭がついていかないわよ、が口癖だった。

もう一人はユメ。年齢不詳。顔を見たことはない。ただ、パソコン上に現れて授業を受けたり、ネットを使って問題を解き、答え合わせをする。先生とのやりとりはチャットで行う。こんな授業でいいのなら、ボクも家で授業を受ける。中学校も高校もこれなら出席できたと思うが、予備校だから成立しているといえなくもない。苦手教科はわからない。とにかく人が苦手なのだろう。

予備校の一日はこんな具合だ。

授業は朝九時からはじまる。寝ぼけた顔で五分前くらいにボクが着くと、

「おはようございます。」

と、よし子さんの声がとんでくる。昨日もボクよりも遅くまで勉強していたのに、今朝も早くから自習している。ここに住み込んでいるのかと錯覚しそうになるが、そんなわけもなく、寝ぼけ眼で席に着く。基本的に席は自由なので、ボクはよし子さんの席を見て、その反対側に座る。避けているように思われると困るが、これくらいの距離感が安心できる。山本さんはたいていいない。来たとしても午後からか雨の日くらいだ。登校した日は一番前に座る。彼は一番が好きなのである。

九時のチャイムとともに、先生が入ってくる。担任は決まっていない。手の空いている先生がタブレットを片手にやってくる。タブレットの向こうにはユメがいる。朝の会なんてものはない。先生はボクとよし子さん、そしてタブレットの向こうにいるであろうユメに向かって話す。

「さて、今日はなんの勉強から始めようか。」

年齢も経歴も目的や学習進度もばらばらなメンツを前に、一斉授業は意味を成さない。

「わたしは英語をやります。特にヒアリングをお願いします。」

「……。」

ユメもそれに乗ったようだ。

「大森君は？」

「ボクは数学をやります。」

「それではぼくは大森君につきます。よし子さんはちょっと待ってて。ユメもねー。今、英語の先生呼ぶから。」

こんな感じで、ほぼマンツーマンで先生が付く。テキストは各教科中学校一冊、高校一冊にまとめられた予備校のオリジナルで、学年別ではなく領域別に整理されていてわかりやすい。しかも、発展や応用は除いた基礎基本だけなので分量も少ない。それに各教科の問題集が何冊か配られる。こちらはこれまでの出題傾向に沿ったものになっているので、点数によって合格にどれほど近づいているのかがわかる。ちなみに、各教科五〇点くらいとれば合格になる。

ここでぼくは初めて勉強が面白いと感じた。勉強して問題集を解き、合格点を目指す。その繰り返しなのだが、ロールプレイングのゲームをやっているかのように、次のステージ、次のステージとクリアしていった。気がつけば、中学校、高校六年間の学習内容を四月からの四ヶ月で終わらせていた。

「全教科合格なんて考えなくていいからね。少しでも合格しておいて一一月の受験科目を減らそう。」

先生にそう言われて向かった高卒認定試験だったが、ボクは八月の試験でなんと全教科合格し、三月を待たずして高校卒業者と同等以上の学力がある者という資格を受け取った。五ヶ月で高校に進学した同級生を抜いたことになる。

「やったじゃない。」

ママの喜びようは尋常ではなかった。しかしママが目指すゴールはここではない。最終学歴を聞かれて「高卒認定です。」なんて答える人はまずいない。高卒認定は大学の入学試験を受けるためのチケットであり、大学に合格し、四年間通って卒業して初めてママは至福を得る。「うちの子は〇〇大学を出てるんでざますのよ。」と、『ざますメガネ』の端をつまみながら言ってみたいのである。メガネをかけていないけど…。

一〇月からボクは大学進学クラスに編入した。といっても、浪人生や現役高校三年生と一緒のクラスでは不登校していた中高時代と変わらない。できるだけ今の状況を変えずに、と頼み込んで、ボクは高卒認定クラスのまま山本さんやよし子さん、ユメと一緒に、一人だけ大学進学クラスのテキストで勉強を続けた。

この選択がベストであったことは、この後の大学入学試験の結果を見てもわかるだろう。ボクはセンター試験で七割くらいの点数を取り、地元にある国立の教育大学に見事合格することができた。

大学は通えた。予備校と同じ匂いがしたから。自分で必修科目と選択科目を組み合わせ、時間割を作り、四年間で卒業に必要な単位を全て取ればいい。誰かに強制されることもなく、つるむことも誰かに合わせることもない。マイペースで講義を受け、余裕でとまではいかなくても、ギリギリで単位を取っていった。困ったのは教育実習くらい。小学二年生の教室で四週間、先生の卵を演じる。学校にまともに通っていないボクが、テキストに書かれていることを忠実にこなすロボットのようにティーチャーを演じた。もちろん大撃沈。授業中に子どもたちは騒ぎ出し、教室を飛び出す子も。その子を追いかけ学校中を走り回ってようやく捕まえて教室に戻ると、別の子が何人も脱走しているというモグラたたき状態。担任の先生の力を借りてなんとか授業の体を成したというか、終えることはできたが、さすがに単位は基準ギリギリの合格最低点だった。

この教育実習は、ボクに教師という職業を諦めさせるのに十分の出来事だった。もともと大学へ行った目的は、大卒という肩書きを得るため。ボクはそれを見事にクリアしたわけだから、誰も文句はないはずだ。もちろんママも。

ひきこもり

大学を卒業して、何もする気になれず、一日のほとんどの時間を自分の部屋で過ごすようになった。これを世間では『引きこもり』と呼ぶ。予備校、大学と緩いながらも五年間学校に通ったボクは、心身ともに疲れきっていた。なかなか理解してもらえないのだけど、ボクはまわりに誰かがいるとすごく疲れる。顔は上げられない。目線は自分の足下。背を丸めて息を殺している。そうして誰かが通り過ぎるのを待っている。防空壕の中で、敵機が行き過ぎるのを待つゲンの心境だ。ドロップは持っていない。

朝起きて、トイレに下りたついでに朝ご飯、といってもママがテーブルの上に置いていった菓子パンを食べ、気が向いたら歯を磨き、気が向いたら顔を洗う。その後は文字通り部屋に引きこもり、パソコンで動画を見たり、ゲームをしたり、ぼーっとしたり、寝ころがったり。テレビは見ない。ラジオも聴かない。ボクの部屋にはないから。本も読まない。漫画はパソコンで見る。ニュースもインターネットで知る。

こんな生活だから、お腹は空かない。夕方、ママが帰る前に、冷蔵庫や戸棚をあさってカップラーメンや納豆ご飯か何かをお腹に詰め込んで部屋に戻る。

こんな生活は五年ぶりだ。しかし、明らかに五年前とは違う。五年前までは、学校に行っていないボクがいた。学校に行ってないことを後ろめたいと心の片隅で感じたり、そういうふりをする自分がいた。電話が鳴ると、担任の先生からかもしれないと、びくつくボクがいた。しかし、今は違う。どこにも属していないボクは自由だ。まわりの目もそれほど気にならない。何しろ大学を出ているのだから。近所の人に会っても全然平気だ。ママは「就職浪人中ですの。」なんて笑顔で説明している。引きこもり中なのに…。

なんと居心地がいいんだろう。そんなボクのもとに、事務的な、しかし強いメッセージ性を感じさせるメールが届いた。

卒業生　大森　颯太　様

就職についての用あり。

至急、研究室に来ること。

教授　斉藤《さいとう》　政吉《せいきち》

相手の都合など聞く気もないようなメール。教授とはそれほど偉いのか。いや偉い。それにしても就職についてとは何だ。しかも至急とある。行くべきか。行かないという選択肢はあるのか、ママに相談するか。いや、これはボクの問題だ。教授には世話になった。卒業させてもらった恩義もある。いや実力で勝ち取ったんじゃないか。たぶん。いやおそらく…。

行くしかないだろう。他の選択肢はない。いつの時代であっても、教授と学生とでは大きな距離がある。横の距離ではなく、縦の距離。

卒業式以来だ。大学の右手の一番奥。ボクが通った教育学棟が見えた。この棟には、ボクが専攻した教育学研究室の他、教育心理学研究室や発達心理学、教育方法学、教育実践専攻、地域学校教育実践専攻、学校カリキュラム開発専攻などの研究室が並ぶ。

斉藤教授は教育学の重鎮だ。教授の下に准教授が二人、講師が三人、助手が四人、さらに大学院生が七人いる。そこに一年生から四年生までの学生が各学年九人か一〇人いるので、総勢五五名にもなる大所帯だ。その頂点に君臨しているのが斉藤教授。大学生活の四年間でも数えるくらいしか口をきいたことがない人だ。もっとも、それは極度の人見知りというボクの特性が大きく影響しているわけで、コンパのときなどは酔いに任せて教授と肩を組み、

「もう一軒行くぞー。」

と叫ぶ豪傑もいるにはいた。次の日、その豪傑がどうなったかは定かではない。


トントントン。ノックは三回。

「失礼します。教育学研究室四年……、ではなく卒業生の大森颯太です。」

「どうぞ。」

いつもの無愛想な声。恐る恐る研究室に入ると、

「おお、大森君、よく来た、よく来た。久しぶりだなぁ。まぁ、こちらに来ておかけ

なさい。」

と、急に愛想よく案内された。

窓がある突き当たりの壁以外は、全て本で埋め尽くされた研究室。その真ん中にある会議机まで進み、パイプ椅子に浅めに腰掛けた。いつでも立ち上がり、逃げ出せるように。

「卒業してから何をしてたんだ。」

「別にこれといってやることもなく、家にいました。」

「二ヶ月もか。」

「はい、まだ二ヶ月です。」

ボクにとっては『二ヶ月も』ではない。かつての不登校に比べれば、まだ二ヶ月である。とにかく二ヶ月は二ヶ月である。

「就活はしているのか。」

「いいえ、就職活動はしてません。」

「自分探しで迷走中か。モラトリアムよろしく勝手気ままを楽しんでいるのかもしれないが、国の金を使って学ばせてもらったキミたちは、社会に恩を返す義務がある。」

始まった。教授の専門は教育史と教育社会学。このまま放っておくと、一時間でも二時間でも講義を続ける。

「就職についての用とは何でしょうか。至急とあったので急いで来たのですが…。」

「そうだった、そうだった。キミも知っているだろう、研究室にいた種市《たねいち》君。」

知ってるも何も、教授と肩を組んで次の店まで千鳥足で向かった豪傑君じゃないか。

「知っています。同期ですから。卒業してからすぐに市内の小学校に就職したと聞いていました。」

「そう、その種市君がだ、三年生を担任して二ヶ月でダウンしてしまった。」

「病気か何かですか。」

「いや…。」

「休職ですか？」

「休職で済めばいいが、心を病んでリストカットまがいのことをして救急車で運ばれたそうだ。しかも学校で。」

種市君が…。教授と肩を組んで歩いていたあの豪傑君が。

「このまま続けさせるわけにはいかないので、学校では病気療養のため種市先生は休職するということで保護者説明会を開くそうだ。」

あの種市君が…。彼の顔を思い浮かべると、豪快に笑っている顔しか思い出せない。何があったんだ。小学校ってそういうところなのか。

「…というわけでよろしくお願いしたい。」

いや、ちょっと待って。種市君のことを思いだしていて、肝心なところが上の空になってしまった。

「もう一度言ってもらってもいいですか。」

「だから、種市君の代わりが見つからないというので大学側に打診があり、大学では彼が所属していた研究室がいいだろうということで、わたしのところに話が来たというわけだ。わたしが知っている限り、研究室の卒業生で暇なのはキミだけだ。」

こういうときに中途半端な引きこもりは困る。暇と言われれば暇だし、家から出られない、という訳でもない。ただ、苦しい思いをすることだけは想像できる。あの教育実習のときのように。

「ちょっと待ってください。」

と、言ったつもりだったが、教授の勢いある声にかき消されていた。

「よろしくたのんだよ。キミが空いていて本当によかったよ。他ならぬ親友の種市君のためだ。いや、未来ある子どもたちのためだ。一肌脱いでくれ。」

豪傑君は親友に昇格し、ボクは未来ある子どもを救う戦隊ヒーローになった。

「とにかく、履歴書を作ってそのデータをこのアドレスに送ってほしい。何しろ保護者説明会は今夜だ。そのときに後任の先生の名前を発表したいと言っていたので、取り急ぎ、よろしく頼みますよ。」

よろしくを強調してゆっくり話すその顔は、いつかビデオで見た悪魔の化身のごとく口元に冷たい笑みを浮かべていた。
来なければよかった。無視すればよかった。後悔しかない。

それでも家に帰ると、パソコンを開き、一般的な履歴書を無料でダウンロードして打ち込んだ。住所、氏名、性別、生年月日に学歴。小学校、中学校、高校は中退、高卒検定、大学卒と打ち込む。不登校までは書かなくていいな。趣味、特技はちょっと困った。適当に読書と間違い探しと書いておいた。さらに困ったのが志望動機。別に志望してないし…。教授に言われて渋々だし。やる気も意欲もまるでなし。…と書くわけにもいかないので、「子どもたちと一緒に成長したいと思ったから。」と心にもないことを書いて（打って）しまった。ノートパソコンの内蔵カメラで写真を撮って履歴書に貼って完成。早速、高岡小学校にメールで送った。

タイトル「履歴書送付について」
高岡小学校　校長様
貴校でお世話になる大森 颯太と申します。
履歴書を送付します。

よろしくお願いします。
　　大森　颯太

添付：履歴書

履歴書を添付して送信。一五時三八分。
写真はネクタイとかしてた方がよかったかなぁ、と思ったけど後の祭りだった。
ピコン！
メールが届いた。小学校からだ。

タイトル「履歴書受け取りました」
大森　颯太　様
履歴書、受け取りました。
ありがとうございました。
わたしは、教頭の佐藤晃弘《さとうあきひろ》といいます。
よろしくお願いします。

突然で申し訳ございませんが、今晩六時三〇分から行われる

「保護者説明会」に出席できないでしょうか。
できればその場で保護者の皆さんに紹介したいと思います。
その前に打ち合わせたいこともありますので、午後五時には
本校職員室までおいでください。
お待ちしています。
高岡小学校教頭　佐藤　晃弘

一五時四二分。四分しか経っていない。早業教頭だ。気をつけよう。ボクは早い（速い）人は苦手だ。トントン拍子に進むことも。

「行く」の一択のようなメール。教授と同じ匂いがする。来るのが当たり前と思っている文面。「お待ちしています。」が頭の中でリフレインする。

一瞬、豪傑君の顔がよぎった。いつも大声で笑っていた彼が、心を痛めてリストカットまでするなんて…。一体何があったのだろう。よせばいいのに、何年に一度しかもたげない好奇心がぬるっと頭を持ち上げた。

行ってみよう。いや、行く。ワクワクとドキドキと、何ともいえないモヤモヤの中で、ボクは着替えを始めていた。

保護者説明会

六月初旬は夜がゆっくりやってくる。午後六時はまだ宵の口にも及ばない。校舎の西側が赤とも黄色ともつかない横殴りの光を浴び、東に長い影を伸ばしていた。

保護者説明会は、三年二組の教室で行われた。

司会進行の林 徹《はやしとおる》という主幹教諭が重い沈黙を破った。

「時間になりましたので始めます。みなさん、こんばんは。本日はご多用のところ、また、急なご案内にも関わらず、多くの皆様にご来校いただき、ありがとうございます。ただ今より三年二組の保護者様を対象といたしました保護者説明会を行います。はじめに、校長の谷口強《たにぐちつよし》よりご挨拶を申し述べます。」

「おばんです。本日はお忙しい中、また夕食時の貴重なお時間にご足労いただきまして、ありがとうございます。校長の谷口でございます。

保護者の皆様には、日頃より本校の教育推進にあたり、絶大なるご理解とご協力を賜りますことに、職員を代表して感謝申し上げます。

さて、今日お集まりいただきましたのは、他でもありません三年二組の指導体制の変更について、私どもよりご説明させていただき、ご理解とご協力をお願いしたいという主旨でお集まりいただきました。具体的に申しますと、担任の交代についてのお話となります。」

少しざわついた。といっても、ボクは廊下で聞いている。紹介されるまでは廊下で待機するように言われているから。

「詳しいことにつきましては、この後、佐藤教頭からありますので、よろしくお願いします。」

内容が内容なだけに校長先生でも保護者説明会というのは緊張するのか、席についてすぐにハンカチで額の汗を拭う姿が廊下からも覗くことができた。

「では、詳しい内容につきまして、教頭の佐藤晃弘が説明いたします。」

と、林主幹が言い終わらないうちに佐藤教頭は立ち上がって話し始めた。

「三年二組の担任でありますす種市先生ですが、大学を卒業し、本校に赴任した四月から、三年二組の子どもたちの健やかな成長のために、日々の授業はもとより、生活面でも一生懸命頑張っていました。特に、元気のいい先生で、『おはようございます』という朝の挨拶から始まり、下校の時の『さようなら』まで、廊下にいても聞こえるくらいの元気な声が響き渡っていました。お子様から聞いているとは思いますが、クラスの子どもたちとの関係も良好で、休み時間などは子どもと一緒にグラウンドで走り回る姿も多く見られました。

新年度が始まり、クラス替えや担任の交代もあって、不安な気持ちで登校していたお子さんもいたかもしれませんが、種市先生の明るく元気なキャラクターでいいスタートが切れたと喜んでいました。

その種市先生が、五月の連休明けくらいから体調を崩し始めました。腹痛や発熱でお休みをいただくことが多くなっていたので心配されていた方もいらっしゃったと思います。その都度、病院に行くことを勧め、近所の内科に通院もしました。しかし、症状は回復せず、週一回の休みが、二回になり、三回になった時点で、大きな病院での精密検査を勧めました。

先週、大学病院において精密検査を受けた結果、内臓に原因不明の腫瘍が見つかり、それが原因であると診断されました。その腫瘍が陽性なのか陰性なのか、どれくらい悪さをするのかなどについては、今後の経過を見なければ判断できませんが、腹痛や発熱という日常生活に支障を来す症状も出ていることから、除去手術も念頭に置きながら通院、経過観察が必要であり、半年間の自宅療養という診断結果が言い渡されました。ただし、半年で完治するという確証があるものではなく、さらに延長されることも十分ありうるということでした。

その結果を聞いたときは、私どもも大変ショックを受けました。あの元気印の種市先生が、内臓疾患で休まなければならないとは。本人の無念さは言うまでもありませんが、いい関係を作ってきた学級の子どもたちにとっても、ショックは小さくないと思います。

学校としても、できるだけ早く新体制を組み、学びの連続性を維持したいと考え、教育委員会をはじめとする関係機関に相談しました。

その結果、種市先生と同じ大学出身で同期の方が、たまたま仕事をしないでいるということを知り、大学を通して話を進め、快諾を得ることができました。

今後は、書類や健康診断結果などを教育委員会に提出し、正式な辞令が発布された時点で新担任として着任することになります。」

教頭は、長い説明を、とりつく島もなくまくし立てた。三〇名弱ほどの保護者も口をあんぐりと開けて聞くしかなかった。

しかし教頭の話には、うそが二つあった。一つは種市君の病気が内臓疾患だったということ。もう一つは、ボクが快諾したということ。

「種市先生は心の病にかかりました。総合失調症という診断が出ています。」

はじめに通された校長室で、校長、教頭、主幹教諭に囲まれた状況で聞いた内容はこうだった。声の主は校長だ。校長は続けた。

「しかし、それをそのまま保護者に伝えることはできません。」

教頭が続いた。

「今日の保護者説明会では、種市先生は内臓疾患で半年間の自宅療養が必要であるとの診断が出されたので休職します。と話します。」

うそをつくんですか…と言いかけて飲み込んだ。

「その上で、助っ人として種市君の大学時代の同級生が手を挙げてくれた、と話します。」

同級生というのは本当だが、自ら手を挙げたわけではない。教授の強引さに負けたという方が正しい。

「はぁ。」

主幹が話し出した。

「教頭先生の説明が終わり、保護者の質問を受けていくつかのやりとりをした後、司会のわたしがえぇ〜と…?」

「お、大森、おおもり そうた です。」

「あっそうそう、大森先生を呼びますから、呼ばれたら廊下から教室に入ってきて正面に立ってください。そうすると校長先生がそばに来て、先生を保護者の皆さんに紹介しますので、自己紹介をお願いします。」

林という主幹教諭はお調子者というところか。校長や教頭の方をチラチラ見ながらボクに話す。

「どんな自己紹介をすればいいのですか？」

教頭が速い。

「何でもいいですよ。名前と出身大学と専攻、趣味とか特技があればそれも言った方がいいかもしれないね。とにかくファースト・インプレッション、第一印象が大切だから、明るく元気で、とまではいかなくても、誠実さとか一生懸命さが伝わるように話してください。」

何でもよくないじゃないか。これも飲み込む。不登校で引きこもりのボクにとっては、かなり高いハードルだ。胃がキリキリしてきた。豪傑君、キミもこんな感じだったのか。


「質疑応答はここで打ち切ります。次に、新しい担任の先生を紹介します。大森先生、どうぞ。」

教室前方の戸を開け、ちょこんと頭を下げながら黒板の前に立った。紺色のスーツにストライプのネクタイ。髪はぼさぼさ、うつむき加減にスリッパを引きずりながら歩くボクに、三〇人ほどの保護者の視線が突き刺さる。

　校長がボクを紹介する。

「種市先生の後任の大森先生です。経験は浅いですが、真面目に一生懸命頑張る先生と聞いております。みなさん、よろしくお願いします。」

　そんなことは言っていない。教師はみんな嘘つきだ、とつくづく思う。

「それでは、大森先生。よろしくお願いします。」

　もともと高かったハードルに真面目と一生懸命が加わって、緊張はマックスに達していた。

「おっ、おーもり、そーたです。」

　緊張から最初の「おー」が裏返った。すぐに言い直したが、刺さった視線はボクのからだをえぐった。

　一一〇メートルハードルのスタートで躓いたといったところか。張り切っていたわけではないのに、張り切りすぎて躓いたと思われる恥ずかしさ。他の選手はもう第一ハードルを越えているのにようやくスタートを切る惨めさ。まだ一つのハードルも跳んでない。一〇個もあるハードルを。陸上の大会ならそこでやめていた。でもここは教室。選手はボク一人。やめることも逃げ出すことも許されない。気を取り直すこともできぬまま、ボクは一つめのハードルを跳びにいく。

「三月に教育大学の教育学研究室を卒業しました。」

第一・第二ハードルクリア。

「趣味は、しいてあげれば読書です。特技は特にないので、これから見つけていきたいと思います。」

第三・第四ハードルクリア。ここでニコッと笑ってみたが、こわばってニタッとなってしまった。第五ハードルは微妙。

「人によく明るいねとか、元気だね。と言われます。」

そのまんまじゃないか。第六・第七つまずく…。もういい。

「ごめんなさい。うそをつきました。ボクは、明るくないし、元気でもありません。ついでに真面目でも一生懸命でもありません。種市君とは友だちですが、親友というほど仲良くはありません。

全ての面で種市先生の方が勝っていると思います。そんなボクに種市君の後が務まるか心配です。それでも、三年二組の子どもたちと会うことを楽しみにしています。これは本当です。そこから、新しくはじめていきたいと思っています。ボクなりによ、よろしくお願いします。」

…………沈黙。

パチ……パチ……パチパチパチパチパチ……。

一人二人と拍手が広がり、最後には教室中に拍手の音が響いた。

ボクの言葉に頭を抱えたり、冷や汗をかいたりしていた管理職三人組も、満面の笑みではないにしろニコニコしながら手をたたいている。

マラソンで最後にゴールする選手にするあの拍手か、とひねくれてもみたが、マックスの緊張が一気に解け、口元をだらしなく緩めながらペコペコと頭を下げていた。まだ一一〇メートルハードルを完走しただけだ。マラソンならあと四二キロ以上ある。

図書館の玄関上の大時計が午後九時を指した。

「なんかいいスタートを切ったじゃない。教師一年生としては上出来だよ。」

「まぁ、やけくそ気味ではあったんですが、不幸中の幸いというか、雨降って地固まるというか、その日は上手く収まりました。その日まではね。」

「ごめん、この合同庁舎は九時で閉まるんだ。続きは今度ということで。」

「ありがとうございました。話して少しすっきりしました。」

「まだ何も言ってないよ。」

「いいえ、聞き方というか、聞く様子がいいんです。どんどん話したくなります。そしてどんどん気持ちよくなってきました。」

「それはよかった。わたしは何もしていないけどね。今日はここまでにしよう。すっかり遅くなってしまった。」

「ありがとうございました。また来ます。」

「まぁ、ここまで聞いたからには、これで終わりというわけにはいかないもんね。時間があるときにおいでよ。続きを聞かせてもらおう。」

「では、またよろしくお願いします。」

「さようなら。」

「さようなら。」

案の定、今日の夕食は夜食時になった。

それから

連続ドラマの作り手は、次の回にどうつないでいくかに頭を悩ます。一話完結のようなドラマでも、次の回はもちろん、最終回にまで続いていくような別のストーリーを用意しておく。そのことにより、視聴者は続きを見たくなるのである。

彼がそんなテクニックを使ったとは思えないのだが、不覚にもわたしは話の続きを聞きたい気持ちになっていた。その後、彼の身にどんなことが起きたのか。学校に行くのが苦しくなったのはなぜか。子どもたちの様子は？　三人の管理職や他の先生方との関係は？　保護者は？　…。

気になり出すと止まらない。さらに、もしかしたらこういう展開だったのでは、という妄想まで膨らんで…。

しかし、そんなときに限ってなかなか現れない。

いつしか彼が来るのを待っている自分がいた。

一〇月五日、来なかった。

六日、来なかった。

七日は土曜日だったがやはり来なかった。

八日、日曜日も。

九日は月曜日なので図書館は休館日。ただし、他の出先機関は平日なので空いている。わたしは仕事がない日なのに、午後五時をめがけていつもの椅子に腰掛けた。

彼は少し遅れてやってきた。

「ごめんなさい。電車が遅れてしまって。」

彼女か。

「いや、別に待っていたわけじゃないから。」

「今日は休みだったんじゃなかったのですか。」

「そうだけど。」

「わざわざ来てくれたんですね。ありがとうございます。」

「別にそういうわけではないよ。ただ、用事があって近くまで来たので、いつもの習慣でここに来てしまったというか…。」

「どっちでもいいです。ボクの期限付教員生活を聞いてください。」

「はぁ、まぁ。」

六月の月曜日

ボクがはじめて出勤したのは、六月の月曜日だったと思います。

必要書類はすぐに提出できたのですが、健康診断を受け、その結果を発送するのに時間がかかったため、ボクがはじめて出勤したのは六月の下旬の月曜日でした。

体育館で行われた全校朝会で、校長先生に紹介され、しどろもどろの自己紹介をしたことくらいしか記憶にありません。その後の学級での印象の方が数倍、いや数十倍も強烈だったので。

教室には、主幹教諭の林先生が一緒に来て、三年二組の子どもたちに紹介してくれた。

「おはようございます。」

「お・は・よ・う・ご・ざ・い・ま～す。」

元気がいいわけではないが、みんなが声を出して挨拶をしている。よしよし。

「全校朝会で紹介されたように、病気のためお休みをいただいていた種市先生に代わって、今日から三年二組の担任の先生として隣にいる大森先生が担当することになりました。みなさん、よろしくお願いします。」

「よ・ろ・し・く・お・ね・が・い・し・ま～す。」

「ま～す」と伸ばすのがこの学級の約束なのか。見事に合っている。

「では大森先生、自己紹介をお願いします。」

「はい、それではみなさん、おはようございます。」

「お・は・よ・う・ご・ざ・い・ま～す。」

ボクは黒板に向かい、白チョークを握って自分の名前を大きな文字で書きながら自己紹介を始めた。

「先生の名前は、『お・お・も・り・そ・う・た』といいます。」

上手な字でなくていい。いやむしろ汚い殴り書きの文字でいいから、とにかく大きく書きながら自分の名前を言うといいですよ。その字を見て、子どもたちが笑ったり、声を上げたりしたら『つかみ』としては合格点です。

昭和か、と思いながらも、佐藤教頭に言われた通りにやっている自分がいた。子どもたちの反応は、……ゼロ。全くのゼロである。

ええ？　ボク、何か間違えた？　ここでわぁーきゃー言うんじゃないのか。

ファーストコンタクト……失敗。

その後、何を話したかは全く思い出せない。いつものパニック状態。それでも子どもたちは、こちらに体を向け、目と耳で聞いていた。話し手としては二〇点くらいだったボクに対して、聞き手としての子どもたちは一〇〇点満点だった。

気がつくと、林先生はいなくなっていた。あとはボク一人で進めるしかない。

殴り書きされた「大森そうた」という文字が教室の中で浮いていた。

次に何をするんだっけ。あっそうそう、朝の会だ。

「では、朝の会をしてください。今までと同じでいいですからね。」

日直とおぼしき二人が前に出てきた。ボクは窓際に置かれた教師用の机に向かい、腰掛けると、「ふぅ～。」と大きなため息をついた。

「気をつけ。」

「はい。」

全員の声がそろう。

「これから朝の会を始めます。」

「は・じ・め・ま~す。」

「みなさん立ってください。朝の挨拶をしましょう。」

「おはようございます。」

「お・は・よ・う・ご・ざ・い・ま~す。」

この言い方に早く慣れなければ。

「今日のめあてを決めます。みなさんから何かありますか。」

「……。」

「ないようなので、日直から提案します。

今日のめあては、『先生の話をしっかり聞こう』でいいですか。」

「い・い・で~す。」

「それでは今日のめあては、『先生の話をしっかり聞こう』に決定します。しっかり守りましょう。」

「……。」

ここで「はい」はないのか。

「係からの連絡はありますか？」

「……。」

「皆さんから連絡はありますか？」

「……。」

「先生からの連絡です。」

「ええ？　特に考えてなかったけど……。どうすればいいの？」

日直の二人に聞いた。

「出席をとって、あと時間割の確認です。」

机の上に上がっていた出席簿とボールペンを持ち、再び黒板の前に行く。

「それじゃあ、まず出席を取ります。名前を呼ばれたら返事をしてください。」

「阿部《あべ》　しおんさん」

「はい、元気です。」

「伊林《いばやし》　はるきさん。」

「はい、元気です。」

いちいち元気かどうかを応えるのかぁ。

「太田《おおた》　じゅんやさん。」

「はい、ちょっと風邪気味です。」

おお、違う答えが返ってきた。

「岡山《おかやま》　だいすけさん」

「はい、元気です。」

「加藤《かとう》さゆりさん」

「加藤さゆりさん」

今日も休みだよ。三年生なって一度も来てないんじゃない。

ひそひそ声が耳に入る。

「加藤さんは欠席ですね。欠席理由を聞いてる人はいませんか？」

「もう全然来てません。」

「不登校なんじゃない？」

「顔も見たことないし……。」

「わかりました、先に進みます。」

……三〇人の出席を取り、欠席は四名。

そのうち佐々木千代《ささきちよ》さんは風邪で欠席。

加藤さゆりさん、堤喜代士《つつみきよし》さん、双葉弥生《ふたばやよい》さんの三人はもうずっと登校していないらしい。ボクと同じ不登校だ。小学三年でほぼ完全不登校。心配…、なんて言える立場ではないが…。

　出席を取るだけで五分ほどかかった。次は時間割。

「今日の予定は、一時間目はこのまま学級会、というか先生は皆さんと初めて会ったので、お互いに自己紹介をしたり、今後のことを話し合ったりします。二時間目は道徳、三時間目は国語、四時間目体育、五時間目は音楽です。音楽は音楽室で行います。教科書とタブレットとリコーダーを忘れないようにお願いします。」

　黒板の左端の「今日の時間割」欄に、それぞれの教科が書かれた札を貼りながら話した。

「は〜い。」

　みんなきちんと返事をする。いい子たちだ。

　うまく言えた…と思った。ここまでは林主幹と打ち合わせた通り進めることができた。

「先生からのお話は以上です。」

「気をつけ。」

「はい。」

「これで朝の会を終わります。」

「お・わ・り・ま〜す。」

「何の問題もないように思うのだけど…。」

「そう、ここまでは何の問題も起こりませんでした。というか、この後すぐにボクは気付いたのです。そこが問題なのだと。」


「トイレとか水飲みとか行ってきてくださいね。一時間目は五分後の九時一〇分から始めます。」

「は～い。」

「ふーう。」二度目の大きな息を吐いてまた腰掛ける。

こういう隙間時間に子どもたちはトイレや水飲みだけでなく、用もないのに立ち歩き、ちょっかいをかけたりかけられたりして騒がしくなるものだ。というボクの既成概念は脆くも崩れ落ちた。

この五分間、誰一人として立つことはなかった。私語もほとんどなかった。まだ緊張しているのかと思って、目の前の席の子に話しかけてみたが、小さく頷く程度で、反応らしい反応は返ってこなかった。

それでも五分と約束したからにはしっかり守るのが学校の先生。不思議な沈黙に耐えながら九時一〇分を待った。

「はい、時間になりましたので、一時間目を始めましょう。」

まだ声が上ずっているが、われながら頑張っている、と思う。

「気をつけ。」

「はい。」

「これから一時間目の学級会を始めます。」

「は・じ・め・ま～す。」

「一時間目は学級会です。といっても、先生と皆さんは今日会ったばかりなので、お互い知らないことだらけです。そこで今日の学級会は、お互いをよく知り合うために、自己紹介をしましょう。

自己紹介の仕方を確認しておきます。順番は、出席番号の後ろの人からにします。自己紹介する人は、黒板の前まで来てください。次の人も前に来て廊下側に立って待っていてください。

内容は、自分の名前と好きな教科や好きな食べ物、芸能人やスポーツ選手なんかでもいいのでとにかく好きなものを言ってください。それと、特技や得意なもの、例えば変顔ができるとかでもいいので、紹介してください。嫌いなものや苦手なことは、無理して言わなくてもいいです。ただし、みんなに知っておいてもらった方がいい場合は伝えてください。たとえば、わたしは虫が嫌いなので、わたしのそばに虫がいたら、内緒で取ってどこか遠くに捨ててください。なんていうのはありだと思います。

自己紹介が終わったら、「質問はありませんか?」と質問を受け付けてください。質問は一人につき一つだけにしましょう。

だいたい一人三〇秒から一分くらいでお願いします。

先生は最後に自己紹介しますので、お楽しみに。」

ふう~、がんばった…ボク。

「では、渡部《わたべ》 蒼《あおい》さんからはじめます。二番目の柳《やなぎ》 庄助《しょうすけ》さんも前に出てきておいてください。」

「え~と、ボクの名前は『ワタベ アオイ』といいます。よく『ワタナベ ソウ』と間違えられることがありますが、『ワタベ アオイ』ですので間違えないように。好きな教科は算数と体育です。サッカーのチームに入っています。好きな食べ物は、アイスクリームです。質問はありませんか。」

「はい。」

「はい、高橋宗一《たかはしそういち》さん。」

「虫は好きですか。」

「好きです。弟とカブトムシを捕りに行ったりします。でもゴキブリとクモは嫌いです。…これで終わります。」

林主幹に名前の読み方を聞いておいてよかった。ワタナベ ソウと呼ぶところだった。

なかなかいい雰囲気。その調子、その調子。

「次は、柳庄助さんお願いします。次の人は用意してください。」

「はい。ボクは、柳庄助です。八歳です。好きな教科はありません。好きな動物はパンダです。得意なことは……料理です。何か質問ありますか？」

「はい。」

「はい、佐伯さん。」

「得意料理は何ですか？」

「得意なのは、卵料理です。プレーンオムレツを上手に作ることができます。これで終わります。」

拍手が起きた。渡部さんのときはなかったのに…と、ちょっと気になった。

真下功《ましたいさお》さん、本多百合子《ほんだゆりこ》さんの自己紹介も無事終わった。

「双葉弥生《ふたばやよい》さんはお休みだったね。では、次は畑山遊里《はたけやまゆうり》さん、お願いします。」

「………。」

「あれっ？　どうしましたか？」

いやな予感しかしない。

「何かあったかな？」

ボクが一番嫌いだった質問だ。これだから大人は嫌いだ。何もありはしないのに、何かあったの？　と聞かれると、ない理由を探さなければならなくなる。お腹が痛い、頭が痛い、きのういやなことを言われた。さっき足を踏まれた。……。

ない理由を引っ張り出して誰かのせいにすると大人は喜ぶ。そして、よせばいいのにその理由なき理由のもとを正そうと一歩も二歩も踏み込んでくる。

「ごめん、別になんでもないよ。言いたくなかったらそのまま席に戻ってもいいよ。」

「………。」

「ハタケヤマ・ユウリ・です。」

聞こえないいくらいの小さな声。

パチ・パチ……パチパチパチパチパチ……。

「ユウリがしゃべった。」

「ユウリの声を初めて聞いたよ。」

そうか、この子は場面緘黙だったのか。

ボクも小学校の頃、場面緘黙の疑いをかけられたことがあった。学校で全然話さなくなってしまって、保健室の先生の勧めで病院に行ったことがある。でも、検査する人と一対一の場面では普通に話すことができたので、はっきりとした診断は出ず、曖昧なまま終わってしまった。

その状況が、その後もしばらく続いた。いったん声を出さなくなると、なんか面倒で声を出さなくなってしまう。しかし、何かの拍子に一回声を出してしまうと、反対に声を出さないでいることが面倒になり、どんどん話すようになっていった。結局あれは何だったのだろう。クラスメイトには、ずるをして声を出さずにいたと思われてたかもしれない。きっと。

今日はこれ以上、畑山さんには触れない。非難するような声はいやだけど、頑張ったねの拍手も同じくらいいやなことをボクは知っているから。

「先生、トイレに行っていいですか。」

「ええっ？　今ですか。」

「漏れそうなんです。」

この子は誰だっけ？　目立つタイプではないし、うそは言っていないようだ。

「わかりました。行ってきてください。自己紹介はいったん止めておきます。」

「先生。ボクも。」

「先生、わたしもトイレ行きたいです。」

「ボクも。」

「わたしも。」

……。

どうなってるんだ。クラスの半分以上が立ち上がってトイレに向かう。ついさっき、トイレタイムを取ったときには誰も行かなかったのに、自己紹介の真っ最中に、これだけの人がトイレに行くと、五分ではすまないだろう。

案の定、再開するまでに一〇分かかった。

トイレに行った子どもたちは、悪びれることなく、自分の席につく。この悪びれることない態度というか、雰囲気に、ボクは居心地の悪さを感じた。叱る理由にもならないこの一〇分間のロスに、いらだちを隠せなかった。


その後もサーカスの綱渡りのような自己紹介が続いた。もちろんいい意味で。サーカスの綱渡りは、落ちそうになっても決して落ちない。落ちないことがわかっているから、観客は笑顔で見ていられる。本当に命がけの綱渡りだったら、とてもじゃないけど見てられない。

「………これで終わります。」

出席番号一番の阿部詩音さんの自己紹介が終わった。

九時三三分、一時間目終了まであと二分しかない。

「それでは最後に先生の自己紹介をしま〜す。」

ちょっと伸ばしてみたが、反応は…ゼロ。それでも、ボクは保護者説明会で大きな拍手をもらった自己紹介がある。子どもたち相手ではあるが、あの日と同じように自己紹介をした。

「先生の名前は、おーもり、そーたです。三月に教育大学の教育学研究室を卒業しました。

趣味は読書です。特技は特にないので、これから見つけていきたいと思います。人によく明るいねとか、元気だね。と言われます。ごめんなさい。うそです。先生は、明るくないし、元気でもありません。種市先生とは友だちですが、先生に種市先生の後が務まるか心配です。それでも、三年二組の皆さんと一緒に勉強できることを楽しみにしています。よろしくお願いします。」

……沈黙の中、チャイムの音が響く。チャイムに救われた。

「気をつけ。」

ボクの指示がなくても日直は挨拶を始める。

「はい。」

「これで一時間目のお勉強を終わります。」

「お・わ・り・ま～す。」

一時間目が終わった。何なんだ、この居心地の悪さは。常に傍流だったボクは、主流に属さない「個」についてはある程度理解できると思っていた。しかし、主流に属さない「集団」については、理解不能である。居心地の悪さを抱えたまま、五分間の休み時間を教室で過ごした。


「う～ん、なんか気持ち悪いね。」

「そうなんです。なんか気持ち悪くて、居心地が悪いんです。」

「それが前の担任の休職に関係しているようだね。」

「そう、ボクもそう考え始めていました。」

「キミだからその違和感にすぐに気付いたけど、元気印の前の担任だと勝手に解釈し、勘違いしたまま傷口を広げていくことも考えられるね。」

「さすがです。実はその通りだったんです。」

「もう少し詳しく教えてくれるかい。」

「はい、この後の道徳科の授業が決定的でした。」

「自信が確信に変わった瞬間ですね。聞きましょう。」


五分休みの間の子どもたちを観察すると、トイレに行く子は数えるほどしかいなかった。さては、また授業中に行く気だなとも思ったが、一時間目の途中にこぞってトイレに行ったので、今は行く必要がないのかもしれないと、思い直した。

二時間目の開始を告げるチャイムが鳴り終わる前に日直が号令をかける。

「気をつけ。」

「はい。」

「これから二時間目の道徳のお勉強を始めます。」

「は・じ・め・ま〜す。」

さて、初めての授業らしい授業。しかも道徳。

「一つの答えを導くのではなく、多様な考えを出し合う中で、一人一人の道徳的価値が高まるような授業をしてください。」

と、教頭先生に言われた。

「子どもたちの心の中に、事件を起こすことができれば上手くいくはずです。」

と、これは校長先生。

「道徳は、タブレットを使って学習していますので、ジャムボードに自分の考えを残しておくようにしてくださいね。」

と主幹。ジャムボードって何だぁ？


とにかく始めることにする。

「まず、タブレットを用意してください。電源を入れ、クラスルームを開いてください。次に、クラスルームから道徳のデジタル教科書に入って、今日学習する七の『友だち屋』をクリックしてください。」

みんなすらすらと進める。

「困っている人はいませんか。もし、隣の子が困っていたら教えてあげてください。」

と言っても誰もいないようだ。

「今日は『友だち屋』というお話から、本当の友だちって何だろうか、ということについて考えます。」

黒板に、『友だち屋』と書く。相変わらず文字が躍っている。

「まず、一つ目の質問をします。皆さんにとって、『友だち』ってどんな人のことでしょうか。自分の考えをタブレットに打ち、付箋を道徳の『ジャムボード七』に貼ってください。」

黒板に『しつもん　友だちってどんな人？』と書く。その間、子どもたちはタブレットに打ち込み、ジャムボードに貼っている。ジャムボードとは、オンライン上の模造紙みたいな紙というか仮想フィールドがあり、そこに付箋を貼るように個々人がメッセージを書いた紙を貼り、全員で確認できるという便利なソフトである。

このクラスの子たちはタブレットに相当慣れているらしく、自分の思いを書いた付箋を貼るだけでなく、似たようなことが書いてある付箋を集め、分類ごとに整理までしている。もちろん、タブレットの画面上の話である。

担任であるボクは何をしているかというと、やはりタブレットの画面を見ながら、分類ごとに分ける手伝いをしたり、書けていない子がいないかをチェックしている。

全員が付箋を貼ったことを確認し、黒板の前に立つ。

「はい、みなさん書けたようですね。仲間分けまでしてくれてありがとう。皆さんが書いた『友だち』は大きく三つに分けられました。

一つめは、『同じクラスの人や同じ習い事をしている人』

二つめは、『いっしょに遊んだり、家に遊びに行ったりする人』

そして三つめは、『困ったときに力になってくれる人』でした。

今日の道徳では、友だちについて、さらに深く考えてみましょう。

「では、教科書を開き、ＱＲコードから『友だち屋』の音声を聞きましょう。あっ、イヤホンを用意してタブレットにつないでくださいね。」

「聞き終わった人は、『ジャムボード八』に感想を短くまとめて貼り付けてくださ い。」

と言ってはみたが、ほとんどの子がすでにイヤホンをつけているため聞こえておらず、ジャムボードのくだりは黒板に書いた。

子どもたちは耳にイヤホンを入れ、教科書を開き、タブレットから流れてくるプロが読む読み聞かせで『友だち屋』を聞いている。二六人が同じことをしているが、バラバラなのである。個別最適な学びの一つなのだそうだ。早い人が遅い人を待つことがないように、遅い人が早い人に急かされて慌てることがないように、一人一人が自分のペースで進めることができること、それを個別最適な学びの保障という。斉藤教授の受け売りだ。

ここで『友だち屋』について少し説明を。

「ええ、友だち屋です。友だちはいりませんか。さびしい人はいませんか。友だち一時間一〇〇円。友だち二時間二〇〇円。」

のぼりをふりふり、キツネが歩いてきます。

はじめのお客はクマ。

「おい、友だち屋。」

クマは一緒にイチゴを食べようと誘う。イチゴが嫌いなキツネも友だち屋なのでまずくてたまらないイチゴをゴクリと飲み込み、イチゴでしくしくするおなかを押さえながら二〇〇円もらいました。

二番目の客はオオカミ。

「おい、キツネ。」

と呼び止めるとトランプの相手をするように言った。トランプはオオカミの三勝、キツネの一勝。そこでキツネがお代をいただこうと申し訳なさそうに手を差し出すと、オオカミは目をとがらせて怒った。

「お、おまえは、友だちから金を取るのか。それが本当の友だちか。」

「本当の友だち？」

キツネは目をしばたたきました。オオカミはキツネを友だち屋とは呼ばず、キツネと呼んでいました。

「明日も来ていいの。」

というキツネに、

「あさってもな、キツネ。」

と答え、いちばん大事にしている宝物のミニカーをくれるオオカミ。

「ええ、友だち屋です。友だちはいりませんか。さびしい人はいませんか。何時間でもただ。毎日でもただです。」

キツネは、スキップしながら帰って行きます。もうすぐ、星が出てきます。

（内田麟太郎 作、降矢なな 絵、光村図書『どうとく三』）

「感想を『ジャムボード八』に貼りましたね。この感想は、この授業の最後に書く感想と比較したいと思います。

では、まず最初に、クマといっしょにイチゴを食べていたキツネはどんな気持ちだったでしょう。」

「はい。」

「はい、小泉《こいずみ》さん。」

「すごくいやな気持ちだったと思います。」

多くの子が呼応する。

「同じです。」

黒板にも書いておく。

クマといっしょ　↓　いやな気持ち
「では、オオカミとトランプをしているときのキツネはどんな気持ちだったでしょう。」

「はい。」

「はい、新井田《にいだ》さん。」

「たのしかった?」

「どうしてそう思いましたか?」

「だって、スキップしながら帰って行ったから。」

黒板に書く。

オオカミといっしょ　↓　楽しい、うれしい
「そうですね。みんなもスキップするときはうれしかったり、楽しかったりするときですね。」

「では、次の質問は、自分が思ったことを付箋に打ち、『ジャムボード九』に貼ってください。」

黒板に書きながら質問を大きな声でいった。

「一時間一〇〇円と言っていたキツネが、何時間でもただと言ったのは、どんな考え

からでしょうか。」

この質問が、この授業の肝だ。答えはひとつではない。自分の思いを素直に書けばいい。さっそくジャムボードに付箋が貼られだした。

「オオカミとのトランプが楽しかったから。」

おお、いいぞ。

「オオカミに『友だち屋』ではなく、『キツネ』と呼ばれたから。」

そうそう、それもある。

「オオカミにミニカーをもらったから。」

それもうれしい。宝物だからね。

「オオカミに『本当の友だち』と呼ばれたから。」

そう、それが出ればもう大丈夫だ。と、思ったとき…。

これまで、いろんなことが書かれていた付箋がどんどん剝がされ、「オオカミに『本当の友だち』と呼ばれたから。」と書き換えられて再び貼り出された。一人、二人、三人…どんどん貼り替えられていく。何が起きているかわからず、きょとん顔のボク。ただ目の前の画面に映る付箋が、大逆転のオセロを見ているかのように同じ色に塗り替えられていく。気がついたときには、全ての付箋が「オオカミに『本当の友だち』と呼ばれたから。」

になっていた。

「答えが一つでない道徳的な課題を一人一人の児童が自分自身の問題と捉え、向き合う、「考える道徳」「議論する道徳」の授業を作ってほしい。」

という教頭の弁。それをボクに求めるの？　とそのときは思ったが、問題はそこではなかった。

とにかく、黒板にまとめよう。

「全員『オオカミに〝本当の友だち〟と呼ばれたから。』でいいんですね。」

「はい。」

「途中まではいろいろな意見が出ていて面白いと思っていたんだけど…。」

だれも頷かない。目すら合わせない。極度の同調圧力か。

だめだ、これ以上深掘りできない。授業を後段に移そう。

「では、今度は自分のこととして考えてもらいます。あなたにとっての『本当の友だち』とは、どういう友だちのことを言うのでしょうか。付箋に書いて『ジャムボード九』に貼ってください。」

さすがにこの答えは一つではないだろう。多様な考えを出し合い、議論することによって一人一人の道徳観を高められるはず…。

「その期待は見事に裏切られるのだね。」

「どうしてわかるんですか。」

「今までのキミの話からすると、ここは裏切られる一択だよ。」

「そうなんです。面白いくらいに、見事に裏切られました。」


「震源地ゲーム」を知っているだろうか。

　オニ役を一人、オニにわからないように震源地役一人を決める。オニが真ん中に立ち、オニ以外は輪になってオニを囲む。震源地役は、オニに気づかれないように様々なポーズを取る。それ以外の人は震源地役と同じポーズをする。オニに震源地を当てられたらゲーム終了。当てられた震源地役がオニになって次のゲームが始まる。

　子どもの頃、お楽しみ会などでやったことがある。目立たないボクは震源地になることもなく、それゆえにオニになることもなかった。が、一度だけジャンケンで負けてオニになったことがあった。そのときのことは今も忘れない。どこから始まったのか、だれが震源地なのかわからないまま、ボクの目の前でどんどん変わっていくポーズ。右手を挙げて、右手を下げて、ジャンプして、しゃがんで、立ち上がって、万歳。

オニ役のボクをあざけるように。ボク一人だけ仲間はずれ。まるでいじめだ。みんなで共闘してボク一人をいじめている。

角も心も折れたオニ。

いやなことを思い出した。

今まさに「震源地ゲーム」が目の前で起きている。

『あなたにとって、本当の友だちとは？』

黒板にそう書いたあと、タブレットの画面を見た。

「いつもいっしょにいてくれる親友のこと」

「けんかしても仲直りできる人」

「いっしょに笑った友だち」

「何でも話せる友だち」

「小さい頃からの友だち」

「いっしょにいて楽しい友だち」

「いっしょに泣いた友だち」

「推しが同じ人」…

いい感じにいろいろな意見が出てきた。答えは一つじゃないからね。

いいよ、いいよ。と、思った瞬間である。

「お金では買えない関係の友だち」

という付箋が貼られたと思ったら、

「お金では買えない関係の友だち」

「お金では買えない関係の友だち」

「お金では買えない関係の友だち」

「お金では買えない関係の友だち」

「お金では買えない関係の友だち」

「お金では買えない関係の友だち」

「お金では買えない関係の友だち」

「お金では買えない関係の友だち」

「お金では買えない関係の友だち」

「お金では買えない関係の友だち」

「お金では買えない関係の友だち」

「お金では買えない関係の友だち」

「お金では買えない関係の友だち」

「お金では買えない関係の友だち」

「お金では買えない関係の友だち」

「お金では買えない関係の友だち」

「お金では買えない関係の友だち」

「お金では買えない関係の友だち」

「お金では買えない関係の友だち」

「お金では買えない関係の友だち」

「お金では買えない関係の友だち」

「お金では買えない関係の友だち」

「お金では買えない関係の友だち」


あっという間に全員が「お金では買えない関係の友だち」に代わった。

ボクは、震源地ゲームのオニのように、誰が震源地かわからず、ただオロオロと付箋が変わる様子を眺めるしかなかった。

これが震源地ゲームならば、ボクは再びいじめのターゲットになったことになる。

しかし、目の前の子どもたちにはボクをいじめようという意志はおそらくない。ただ、タブレットをのぞき込み、自分の付箋を書き換えて貼り、全ての付箋が同じになるのを楽しんでいるようだった。

ビンゴー!

そんな声が聞こえた気がした。


「どういうことなの?」

話の途中であったが、思わず聞いてしまった。

「ボクにもわからないのです。」

「誰かボス的な子がいて、誘導しているとか…。」

「たぶんそんなことはないと思います。誰一人悪びれた様子はないし、意地悪をしている気もないと思います。」

「でも気持ち悪い。」

「そうなんです。気持ちが悪いのです。」

「こういうことが毎日続いたということですか。」

「こういうことが毎時間続いたのです。…最悪だったのが体育の時間でした。」

その日の体育は、三年生四クラスの合同体育でした。体育館のステージに向かって右側から一組、二組、三組、四組と各クラスが二列になって並ぶ。体育帽子の色は、一組は赤、二組は黄色、三組は白、四組は水色である。どの色の子も、三年生としては立派な姿勢で授業が始まるのを待つ。

「挨拶を一組の日直さん、お願いします。」

一組の中川《なかがわ》先生がこの授業を仕切る。

「気をつけ。」

「はい。」

「これから体育のお勉強をはじめます。」

「は・じ・め・ま～す。」

「体育のお勉強」という言い方にちょっと引っかかる。

挨拶の後は、各学級の体育係がステージに上がってラジオ体操や屈伸運動などを元気よく、というか機械仕掛けの人形のように、一様にそろって行った。

それもあまり気持ちのいいものではなかったのだが、事件はその後起こる。

準備体操の後、一組の中川先生がマイクを持って前に立ち、

「クラス対抗のドッジボールをする前に、ひとつゲームをしましょう。」

と言う。

「やったぁー。」

という子どもらしい反応。ボクはほっと胸をなで下ろした。

「今日のゲームは、仲間集めゲームです。」

いやな予感。もしかして「仲間はずれゲーム」と記憶しているあのゲームではないだろうな。

「先生が笛を鳴らします。鳴らした数の人数で集まり、輪になって手をつなぎ、その場に座ってください。前にもやったことあるからわかりますよね。大丈夫ですか？」

「は～い。」

「できれば、別のクラスの人と一緒になるように頑張ってみてください。あと、どうしてもできなかった人は、『ギブアップ』を認めますので、ステージに上がってください。」

「は～い。」

ちょっと小さい声の返事。中川先生はかまわず進める。

「それでは始めます。

ピィ、ピィ、ピィ、ピーイ。」

「四回だったよね。」

「四人だよー。」

子どもたちは口々にいいながら走り回る。素早く四人グループを作った子たちは、輪になって手をつないでその場に座る。

体育館のあちらこちらで、小さな輪ができる。まるでお花畑だ。

四人組ができずにうろうろしている子もいる。仲よしの二人で手をつなぎ、歩き回っている子も。同じような二人組がいるのだが、自分たちからはなかなか声をかけられない。そこで先生たちの出番となる。子どもたちの中に押しいって、強引にくっつけていく。

「こちらの二人と、そっちの二人。さぁ早く。」

「あなたはそこの三人組に入って。」

そうしてどんどん四人組を作っていく。あっ、一人だけあぶれている。先生たちは、その子と三人の先生で四人組を作り、強引に手をつないで座った。

「はい、全員が見事に仲間を作ることができました。」

うれしそうな中川先生。

「では、次はこの数です。

ピィ、ピィ、ピィ、ピィ、ピィ、ピィ、ピーイ。」

七回、七人組だ。数のセレクトが絶妙だった。

後で中川先生に聞いたのだが、このゲームでは、数を減らさないことが鉄則となる。

「減らす」イコール「はぶく」ことになりかねない。最初の四人組は各クラスから一人ずつ入ってほしいと思って四人とした。次が難しい。五人組にすると、別の四人組から一人を外してこちらに入ってもらうような動きになる。六人組だと四人組を二人ずつに分ければいいので簡単すぎる。八人も四人組を二つ合わせることですぐにできてしまう。そう考えると、七人が一番いいのである。
「それでは五人組を作るときに一人外すのと同じことではないか」と思ったが、これも飲み込んだ。

七人組は難航していた。素早くできて座っているのは五組か六組。あとは一人で走り回っていたり、何人かで手をつないでたして七になる組を考えて動き回っていたり、そもそも何もせずオロオロしている子もいる。

このゲームを通して、子どもたちには社会性や協調性、リーダーシップなどをつけさせるんだよ。と、中川先生の言葉。
「こんなゲームくらいで、その力は身につかないでしょう」また飲み込んだ。

そのとき、何人かがステージに向かって歩き始めた。
「ギブアップです。」

一人が言うと、

「ギブアップです。」

「ギブアップです。」

「ギブアップです。」

「ギブアップです。」

と六、七人の子どもたちがステージに上がって座った。

「このメンバーで七人組ができるんじゃない。」

と、中川先生は言ったが、誰も聞いてなかった。

ギブアップが増えていく状況を見て、他の先生のお節介はパワーアップ。残りの子たちを強引に座らせた。

「さあ、次がラストです。よ〜く聞いてね。ピイ、ピイ、ピイ、ピイ、ピイ、ピイ、ピイ、ピイ、ピイ、ピーイ。」

一一回、一一人組である。これも絶妙な数なのか。

確かにまわりを見ながら行動する社会性や協調性は見られた。自分から声をかけて仲間を作ろうと頑張るリーダーシップを発揮する子もいる。もっとも、先生方のリーダーシップに比べれば、爪の先ほどもない。

次の瞬間、ボクは唖然とした。四色が入り交じりながらうごめく体育館の中で、明らかに黄色帽子だけが他の三色と違う動きをしはじめた。それは、働き蟻が四方八方から巣穴を目指すように、黄色軍団だけステージに向かっていた。

　そしてまた悪びれることもなく、嫌みでも当てつけでもなく、粛々とステージに上がっていくのである。

「ギブアップです。」

　と言いながら。


「それを見ている先生方はどうしているのですか？」

「何もしないのです。あのお節介怪獣みたいなパワフルな先生方も、黙認という感じでした。」

「ルール違反をしているわけじゃないしね。」

「そうなんです。この子たちは間違ったことをしているわけではないのです。」

「そこがやっかいなんですね。」

「そこがやっかいなんです。」

「他のクラスの子どもたちの反応は？」

「全く。」

「どういうことなの？」

「ボクが聞きたいですよ。」

図書館の玄関上の大時計が午後九時を指そうとしている。

「今日はこのままでは終われないね。」

「いいんですか？」

「いいも悪いも、わたしがこの先を聞きたいんだよ。」

「ありがとうございます。」

「ここはもう閉まるから、外へ出て話すことができる場所を探そう。」

わたしは彼を連れて夜の街を歩きながら、これまでの話と顚末について考えていた。

カラオケボックス

外に出ると当然のことだがあたりは真っ暗。秋の冷たい風が頰を打つ。駅前の人気はまばら。残業の後、駅に駆け込むサラリーマンが時折かけていく。それに逆らうように歩く彼とわたしは、どう見えるのだろう。少なくとも楽しそうには見えないだろう。明かりの中で光は相殺される。田舎の小さな都市とはいえ、駅前の賑やかさに月も星も隠れてしまっていた。わたしたちは街明かりを背に、繁華街を横切り、落ち着いて話せる場所を探した。

「どこにしましょうか。…ボクはどこでもいいですが…。」

そう言われても午後九時を過ぎて、落ち着いてこの手の話ができる場所をわたしは知らない。そのまま少し歩くと彼が、

「あそこにカラオケボックスがあります。あそこなら行ったことがあります。」

と、五〇メートル先に光るカラオケボックスのネオンを指さした。話の続きを早く聞きたいわたしは、彼の提案に乗って二人でカラオケボックスに入っていった。もちろん、歌う気はない。

「メンバーズカードを持っているので、受付しますね。」

メンバーズカードを持っていることが意外だった。キミは何者だ。

「ありがとう。代金はわたしが払いますから。」

「お金は帰りになります。ボクの相談なのでボクも払わせてください。でなければ折半で。」

「お部屋はどうされますか。」

「二人なので小さい部屋でいいです。」

「コースと時間をお選びください。」

「アルコールはなしでいいですよね。」

「はい。」

「では、このソフトドリンクのドリンクバーのＳコースを二時間お願いします。食べ物はあとで注文します。」

なかなかこなれている。わたしなら倍以上時間がかかる。

「それではご案内します。」

案内されて入った部屋は、六畳ほどの広さに、二人がけソファが二つ向かい合う少人数向けの部屋だった。何だったら一人カラオケでもいいくらいの広さだ。向かい合ったソファの向こうに場違いな大きなモニター画面が光っていた。

「まずはドリンクバーで飲み物を持ってきましょう。何がいいですか？」

「ホットココア。」

「わかりました。食べ物はどうしますか？　お腹空いてますよね。」

「なかなかお腹いっぱい話を聞いた気がするけど、とりあえずこのミックスサンドにしようかな。」

「いいところに目をつけました。ここのサンドイッチは、駅前の人気パン屋から仕入れているので、おいしいと評判なんです。ボクもそうします。」

というと、彼はインターホンの受話器を取り、フロントにミックスサンドを二つ注文し、その足でドリンクバーに向かった。

「お待たせしました。」

と言いながら戻った彼は、わたしの前にホットココアを置いた。彼の飲み物はカルピスだった。「乾杯」をするのもどうかと思い、とりあえず「いただきます」の意味でカップをちょっと上げ、小さく会釈してココアを口に運んだ。ココアにはさまざまな健康効果がある。カカオポリフェノールや、リラックス効果が注目されているテオブロミンやミネラル類も含まれている。長丁場にはうってつけだ。


「話の続きを聞きましょう。」

「どこから話しましょうか。」

「歩きながらいろいろと考えていたんだけど、今回のケースでは、個々人というよりも集団、学級という集団が大きく関係しているように思うんだ。」

「どういうことですか。」

「その前に、子どもたちを取り巻く環境についても少し聞かせてほしい。子どもたちの家庭環境とか、親御さんについての情報はありますか。」

トントントン、ノックの音とともにドアが開いた。店員がサンドイッチを持ってきた。

「食べながら聞きましょう。今日は長くなりそうですから。」

保護者面談

ボクが勤める小学校では、七月にはいると個人面談が行われる。担任と保護者が一対一で話し合う。一人一五分ほどの時間ではあるが、担任であるボクは一日六人も七人も面談しなければならないので、くたくたになる。

どの保護者もはじめの言葉は同じだった。

「種市先生の様態はどうですか?」

「先生は種市先生の親友なんですよねぇ。何か聞いてます?」

種市先生、種市先生…である。

「種市先生のことを聞かれても、詳しい話はしないようにしてください。本当のことを言っても困るし、学校が嘘をついていると思われてもいけませんから。」

教頭先生から釘を刺されていた。

保護者面談は、こんな感じだった。

「はじめまして。大森颯太と申します。今日はお忙しい中、ありがとうございます。」

「工藤浩介《くどうこうすけ》の母です。いつも浩介がお世話になっています。」

「いいえ、こちらこそ。皆さんの期待に十分応えられずに申し訳ございません。」

「先生は種市先生と親友でらっしゃるとか。種市先生の様態はどうなんですか。」

「大学の研究室が一緒だったのですが、卒業してからはお互いに忙しくて会えてませんでした。ですから、今回のお話をいただいたときにはびっくりしました。ボクも種市君には会えていないのですが、今は回復に向けて療養に専念しているそうです。」

お互いというのは嘘である。少なくともボクは忙しいわけではなかった。あと、ボクと言ってしまった。種市君とも。保護者の前では、子どもたちとは違う緊張感が漂う。

「そうなんですかぁ。」

話を変えよう。

「浩介君ですが、学校では体育の係として準備体操とか用具の出し入れとか、他の子と協力しながら頑張ってます。学習面でも、手を挙げて発表することが多くなってきました。」

多くはなっていない。手を挙げたことがあったくらいである。しかし嘘は言っていない。

「ご家庭での様子はどうですか？」

「三年生になって少しはお兄ちゃんになってくれるかと期待していたんですが、相変わらずの甘えん坊です。」

「学校ではそんなことはありませんよ。」

「あの子、内弁慶なんです。家族といると、甘えたり、強気に出たりできるんですけど、学校とか塾に行くと、借りてきた猫と言いますか、流されやすいというか…。」

「自分を抑えてしまう…。」

「そう、自分の思っていることを言ったり、したりすることができない子なんです。」

「コミュニケーションが苦手なんでしょうか。」

「もめることもないので、コミュニケーションが苦手ということはないと思いますが、まわりに合わせてしまうことが多いので、それがある意味ストレスになっているのではないかと心配しているんです。」

「思い当たることとかありましたか？」

「これっていうことはないのですが、たとえば浩介のノートを見ると、消しゴムで直した跡がやたらと多いんです。テストも×がついているところを消しゴムで消して正しい答えに書き換えて持ち帰ります。わたしとしては、どう間違ったのかも知りたいのですが、それはいやみたいなんです。」

「間違った自分を知られたくない。」

「何かそういう気がします。」

「わたしも気にしながら見ていきたいと思います。他に何か気になるところはありますか。」

「……。」

「せっかくの機会なので、遠慮せず何でもおっしゃってください。」

「では、ちょっと気になっていることがあるのでお話しします。先生、この学級って大丈夫ですか?」

「と、申しますと?」

「わが子も含めて、この学級の子どもたちというか、学級の雰囲気がどうもあやしいんです。」

「あやしい?」

「適当な言葉が見当たらないのであやしいと言っていますが、実はあやしいともちょっと違うんです。危ういといいますか、不安定といいますか、他の学級と様子が違うように思うんです。先生は感じませんか?」

　その通りです、と言いたかったが、肯定することによる弊害が怖くて濁すしかなかった。

「クラス替えがあったり、担任が代わったりと慌ただしい中での新学期でしたし、その上担任の先生が病気でお休みすることになり、ボクみたいな人間が担任をしているのですから、落ち着かなくなるのも仕方ないと思います。」

「それだけなんですかねえ。」

「おうちで何か話してますか？　新しいクラスになって変わったところとか？」

「そうですねぇ。一番変わったところと言うと、家で学校の話をしなくなったことでしょうか。二年生までは、仲のいい友だちの話や担任の先生のこと、自分が授業中にこんな発言をしたとか、とにかく『もういいからご飯を食べなさい。』と言われても話し続けていました。それが三年生になってからは、こちらから聞いてもなんだか上の空。わたしもつい、新しい先生はどう？　友だちはできた？　と、毎日聞いてしまって…、最後には学校でいやなことでもあったの？　って…。」

「何か応えましたか？」

「いえ、別にない。って答えるのですが、何か隠しているというか、何かが起きているという感じがしてならなかったんです。」

「そうでしたか。」

「そんな矢先に種市先生が病気になられたと聞いて、やっぱり何かあったに違いない、と思うようになったんです。先生はどう感じられましたか？」

「確かに他の学級とは違うとは感じます。それが何が原因で、何がきっかけとなって起きたのか、ボクの乏しい知識と経験では想像もつかないんです。ごめんなさい。」

「いいえ、先生を責めるつもりはありません。これって、この学校のこの学級だけで起きていることなんでしょうか。」

「というと…。」

「非行も、いじめも、不登校も、全国どこでも同じような時期に起きるじゃないですか。」

「確かにそうですね。ここで起きていることは、ここだけの問題だとは限らない。いいヒントをもらいました。ボクなりに考えてみます。」

と言ってもボクには何もできない。斉藤教授に相談してみよう。

「他に何か心配なことはありませんか？」

「先生、頑張りすぎて体を壊さないでくださいね。」

「ありがとうございます。」

頑張る？　ボクが？　あの不登校の引きこもりのボクが？

と思ったが、保護者の皆さんの目にボクは、元気印の担任・種市先生の窮地を救ったヒーローに映っているのかもしれない。翼もジェットも特殊能力も何もないヒーローだけど…。

「これは、この保護者だけというわけでは…。」

「ありませんでした。

感じ方、表現の仕方はいろいろありましたが、ほとんどの方がこの学級で起きていることに不安を感じているという印象を受けました。」

「キミのいう違和感だね。」

「そう、違和感です。」

「先生方はなんて言ってるの。」

「管理職の三人は何かを隠しているようで、話が核心に近づくと、うまくはぐらかすんです。」

「他の先生方は？」

「箝口令が敷かれているのか、この話題には触れたがりません。ただ、何かあるんだと感じることはあります。」

「と、言うと？」

「ボクに対して大変だねぇとか、大丈夫かいなどと話しかけてくれるんだけど、それがすごく同情的なんです。うまく言えないんですけど…。」

それからどれくらい話しただろうか。フロントからあと五分ですという電話がきて、一時間ずつ二回延長し、そろそろ今日は終わりにしよう、と切り上げた時には、午前一時を優にまわっていた。その間、二人は一曲も歌わず、ソフトドリンクとサンドイッチ、それに追加注文したポテトフライを口にしながらひたすら話していた。

「ここで起きていることは、ここだけの問題だとは限らない、ってところが気になるんだけど…。」

「ボクもそこに引っかかっているんです。」

「そこら辺のところをもう少し掘り下げてみたいね。」

「ぜひお願いします。」

わたしと彼は、次に会う約束はせずに、それぞれ家路についた。ハンターズムーンが天上高くに輝いていた。

一週間と一日後

彼のこと、というか彼と最後に話した「ここで起きていることは、ここだけの問題だとは限らない。」という言葉が頭から離れずに一週間が過ぎた。休館日である月曜日もロビーチェアで待ったが、彼が姿を見せることはなかった。

彼が姿を現したのは、その次の日の火曜日だった。

その日、わたしがいつも腰掛けるロビーチェアの左隣に白髪の紳士が座って本を読んでいた。気にする必要もないので、わたしはいつものように身支度を調えようと白髪の紳士の右横に腰掛けると、三秒ほど遅れて彼がわたしの右隣に座った。他の場所が全て空いているのに、なぜか三席だけ窮屈そうに埋まってしまった。

「こんにちは。」

「こんにちは。あの後大丈夫でしたか？」

「晩ご飯が夜食時も過ぎ、午前様になったということで、朝食どきに小言は言われましたが、わたしも子どもではないので、そういうこともあると納得というか、わかってもらいました。キミは学校、大丈夫だった？」

「はい、不思議と体調は悪くならないんです。これまでは、モヤモヤとか違和感みたいなものが自分の中にあって、学校に行こうとするとそいつが邪魔をしていたんだけど、今、そのモヤモヤや違和感がボクの外にあることで、ボク自身の体というか体調はそんなに悪さをしなくなっているみたいです。」

「面白い表現だ。今はモヤモヤが外にあるんだぁ。じゃあ絶好調…。」

「…なわけはありませんけどね。」

「…だよね。」

「クラスの様子は？」

「いい意味でも悪い意味でも変わっていません。

毎日のように『なんなんだ、キミたちは？』と思うことが出てきます。少し慣れましたけどね。」

「今、なんて言った？」

「毎日のように『なんなんだ、キミたちは？』って…」

「そこじゃなく。」

「少しは慣れましたけど…。」

「そう、そこだよ。キミは少しずつ慣れてきているんだ。」

「そうですねぇ、意識しているわけではないですが、少なからずそうかもしれません。」

「もしかして、それって大きなことかもしれない。」

「どういうことですか？」

「キミと種市君との違いがそこにあるのかもしれないということだよ。」

「ボクと種市君…。」

「キミと種市君とは、真逆と言っていいような人間だとわたしは思う。外交的で教授と肩を組んで盛り場を闊歩するようなある意味無礼なくらい社交的で「人たらし」の人気者が種市君だとしたら、キミは内向的で教授と口をきくときも緊張し、それゆえ躊躇してしまうほどに臆病で内省的で極度の人見知りのキミとでは真逆というか正反対でしょう。」

「まぁ、軽くディスられている気もしますが…。」

「いや、ディスってなんかいないよ。そういう種市君だったから、あのクラスにはいられなくなった、そうしてその真逆のキミだから、違和感を感じながらもあのクラスにいられ、少しずつ慣れてきている。」

「面白いですねぇ。わたしにも聞かせてください。」

突然、白髪の紳士が口を挟んできた。戸惑っていると紳士は、

「驚きますよねぇ、申し訳ない、わたしは大学で大森君の担当をしていた斉藤政吉といいます。」

「教授の？」

「はい、そうです。実は今日は大森君にぜひにと言われてここに来たのです。突然、申し訳ない。」

「はぁ。」

「わたしも大森君からだいたいのことは聞いています。というのは、種市君もわたしの研究室の卒業生であるわけだし、そもそも大森君にピンチヒッターをお願いした責任もあるわけでして…。」

「先生、お忙しい中、今日はすみません。しかもこんなところで…。」

こんなところで悪かったな。

「あなたのことも大森君から聞きました。大変お世話になっているようで、ありがとうございます。」

「いいえ、わたしは何も。ただ、話を聞いているだけですから。」

「受容的に話を聞いてくれる利害関係がない他人の存在が、現代の病める若者には必要だというのがわたしの持論です。」

なんだかややこしくなる予感がした。

「話を戻しますが、種市君だったから、あのクラスにはいられなくなり、種市君の真逆の大森君だからあのクラスにいられるのかもしれない、というあなたの仮説についてもう少し話していただけないでしょうか。」

仮説という言葉に、ピキーンとなった。だいたい、教授が来るなんて聞いてないぞ。とはいっても、彼が来ることも事前にわかっていることではないが。少なくとも会った時点で紹介するべきだと思うのだけれど、それよりも話を進めることが優先される雰囲気である。

「わたしは、種市君のような人間が優勢なクラスではなく、大森君タイプの子が優勢なクラスなんじゃないか、と思ったんです。」

「どういうことでしょう。」

「これまでの学級・クラスというものは、種市君のような明るく元気な人気者がいて、その子に任せておけば勉強でも遊びでもうまくまわっていくような雰囲気があったと思うんです。正しいことを正しく言ってくれる安心感、正統派の主張に乗っかっていくような雰囲気です。もちろん、そこには相いれない反主流派の人もいるにはいたと思うのですが、きちんと半数以下に抑えられ、天下をとることは決してないし、自身もそれを望んではいない。ベストとは言いませんが、ベターに近いバランスで成り立っていたと思うのです。そんなクラスでは、元気印でぐいぐい引っ張ってくれる種市君のような担任の先生はぴったりだと思います。」

「ほとんどのクラスがそうだと思うよ。なぁ、大森君。」

「はい、ボクの学校でも、ボクのクラス以外はだいたいそういう感じです。」

「ところが、三年二組だけはそうではない。えもしれぬ違和感が漂っている。その特徴は、目立つこと、突出することを極端に嫌うことにある。だからといって、突出したものを責めたり、外したりすることはない。そういうこと自体を嫌う集団です。」

「もう少し掘り下げると…。」

「これまでのクラスは種市君のようなプラスの方向性をよしとして正の方向に向かう矢印が教室を支配していた。それに対して、三年二組の場合は、矢印の方向が下とか横とかいうのではなく、そもそも矢印が誰からも出ていないような感じがするのです。」

「無気力?」

「無気力ともちょっと違う気がします。」

「これまでのクラスにも一定程度そういう人間がいたと思うんです。実はその典型が大森先生ではないでしょうか。」

「ボクですか? ボクはクラスにいたというか、不登校でしたけど。」

「そう、そこです。今までも矢印の方向があさっての方向を向いていたり、そもそも矢なんて出ていない人間は存在していたと思うんですが、居づらかったりして不登校になっていたかもしれません。そこら辺はわたしよりも教授の方が詳しいんじゃないでしょうか。」

「まぁ、そうですなぁ。いつの時代も自己存在感を十分感じられず、自己有用感も与えられないまま、学校という枠にはまることができずにはみ出していく子どもたちがいたものです。かつてそういう輩は反社会的な行動をとることで自分の存在をアピールしていた。ツッパリとかヤンキーとか、不良とか言われる奴らです。彼らは真っ当なことを言う人間、つまり権力側に刃向かうことによって自分たちの存在意義を感じていた。それゆえ、教師や社会からは糾弾され、厄介者扱いされてきた。そうした反社会的な手段であるにもかかわらず、自分たち自身は仲間内での規律を重視する縦社会を築いていったという矛盾を抱えていたところに彼らの限界があったと言えます。」

「教授、講義みたいになってきましたよ。」

「いや、面白いです。確かにツッパリ、不良全盛の時代というのがありましたね。でも、最近は見なくなりました。」

「一九九〇年代からはそれが『いじめ』に取って代わるのです。ツッパリや不良は形から入りますから、服装や髪型、話し方などいわゆるツッパリファッションがあり、誰から見てもわかるようになっていた。悪役のプロレスラーのような感じですね。しかし、時は流れ、そういう外見では損するような社会に変わっていった。それでも主流派に与することを潔しとしない輩は一定数いるわけで、今までのツッパリのようにあからさまに反社会的行為を行うわけではなく、陰で『いじめ』を始めるわけです。これは、ツッパリや不良のように雑誌や漫画などを通して全国的に流行するのではなく、日本全国で同時多発的に起こりました。もちろん、いくつかのいじめがマスコミなどで取り上げられ、周知のことになったということはありますが、いじめる側の当事者が特定されることを望まない以上、個というよりは集団による社会現象というしかないのかもしれません。ツッパリとか不良という反社会的行動を社会が抑えつけることによって、そうした感情やエネルギーが内にこもり『いじめ』という新たな形態を生んだのではないかと言われています。」

「なるほど。でもボクが不登校している頃には、いじめという言葉もあまり聞かなくなってました。」

「そうなんです。ツッパリや不良は、その当事者による行為にとどまっていたのに対して、いじめは首謀者が誰であるかは別として、多くの人間を加害側として巻き込んでいきます。ターゲットになった子に対して、あからさまにいじめ行為をする子も存在しますが、いじめられている子を助けることなく、そのいじめを傍観する多くの子の存在が、いじめられる側を孤立させ、いじめを強固なものへと成長させていきます。しかも、勉強やスポーツなどで突出している子ではない普通の子がいじめのリーダー的存在であったり、いじめのターゲットにされる子がコロコロ変わったりと、さまざまな形態が出現してきたのです。それゆえ、クラスや学校に自分の居場所を失い、逃げ場を失った子は、遺書という復讐アイテムを残して自死を選ばざるを得なくなり、大きな社会問題になっていったのです。」

「それで国としても動いたということですね。」

「いじめ防止対策法が制定され、いじめ防止に関して地方自治体や教育委員会、学校や保護者がすべきことやいじめが起きた際の対応について、細かく決められたんです。」

「いじめという陰の行為をさらに奥へ追いやった…。」

「だからボクの頃にはいじめという言葉を聞くことが少なくなったんだ。でもボクは不登校だった。」

「そう、いじめと同時に社会現象となったのが不登校でした。不登校は、はじめは登校拒否と言っていたんだが、いじめなどの理由があって登校したくてもできない子がいる中、本人が勝手に登校を拒否しているような印象を受ける登校拒否という言葉はやめて不登校という言葉に統一したのです。では、大森君へ問題です。この不登校の原因の一番は何だったと思う?」

「いじめ?」

「正解。といってもそれはもう二〇年も前の話だ。その頃は、学校に行きたくない、学校に行こうとするとお腹が痛くなるという子がいると、親も先生も『なにかいやなことがあったからかい?　理由を教えて。』と原因探しをしていた。そう聞かれた子は『〇〇ちゃんにこんなことを言われた。』とか『いじめられた。』と理由を言って学校を休む免罪符をもらう。それを聞いた学校は、〇〇ちゃんに話を聞き、保護者に伝え、解決しようと力を尽くす。家まで行って謝罪させるなんてことまでして、不登校の児童に解決したことを認めさせる。しかし、それが解決したからといって不登校は解消しないことが多かった。そういうことを繰り返して、学校もだんだんわかってきた。不登校に理由なんてないのかもしれない。あえて理由を言うならば、『学校に行きたくないから』なのかもしれないと。」

「それはよくわかります。ボクも『どうして学校に来られないの？』という質問が一番嫌いでしたから。」

「今の時代は、不登校の理由も多様化してきている。ただ、友だちが、とか担任の先生が、と外に理由を求めることが減り、コミュニケーションをうまくとることができないとか、集団の中にいることが苦しいといった本人の内面の特性が理由になることが多くなってきた。当然、カウンセラーとか医療機関といった専門機関との連携も多くなってきた。」

「不登校の子が悪いみたいに聞こえます。それではボクみたいな子は救われません。」

「文部科学省も動きましたよね。」

「そうです。文部科学省も大きく舵を切ったのです。現在の学習指導要領では、学習指導要領というのはまぁ、学校で行う教育活動の内容を記している法に準ずる基準のことだが、その学習指導要領では、これまではどの学年で何を教えるかという教師目線で書かれていたものを、子ども目線に一八〇度転換させた。」

「どういうことですか?」

「主語を学習者側、つまり子どもに変えたのです。何を教えるかではなく、何を学ぶかを示し、その内容を明示しただけでなく、どのように学ぶかという授業形態に言及し、さらに何ができるようになるかという学習した成果や、それを社会にどのように還元するかにまで踏み込んだものに転換させた。」

「それがいじめや不登校と関係あるのですか?」

「世界的な学力調査での日本の成績が下がってきたことや、ICTの活用が世界的に見て遅れていることなどとも関連させながら分析をして、日本的な学校教育のあり方について考え直す時期に来たということだ。」

「令和の日本型学校教育!」

「大森君もきちんと講義を受けていたようだね。」

「感染症が世界中を襲って、今までの学校教育では立ちゆかなくなってしまった。同じ学齢の子が、教室という箱の中で一人の先生による一斉授業を等しく受けるという明治から続く学校の教え方に、正面から異議を唱えることができたのだよ。

　学制発布は明治五年のこと。明治維新の重要な国策の一つでした。学制発布後、各地で学校が造られたが、その頃の学校は、江戸時代の藩校や寺子屋の影響もあって年齢による学級編制はしてなかった。小学校に入る年齢もまちまちで、飛び級や落第もあったほど。修得主義と表現することもある。それが明治の教育改革の中で、同年齢の子どもに等しく教育を受けさせるという履修主義に移行し、一〇〇年以上も続いてきた。ただし、明治や大正時代は家の事情などで学校に通えない子どももおり、その子に卒業証書を渡すことはなかった。しかし、今は不登校で一日も学校に通わなかったとしても、同じ学齢の子が卒業するときには卒業証書を受け取ることができる。履修主義とはいえ、履修しているかどうかは問われないかもしれない。」

「不思議な話ですよね。他の国ではあり得ないかもしれませんね。」

「制度疲労…。」

「そう、その言葉がぴったりかもしれない。一〇〇年以上も経て、社会制度も文明も大きく変わった中で、社会の根幹をなす教育制度が大きく変わることがなかったというのも不思議な話で、感染症の大流行が大きなきっかけとなり、今、大転換期を迎えているのかもしれない。」

「それとボクのクラスで起きていることと関係があるのですか。」

「ある、とも言えないが、ないとも考えにくいのではないでしょうか。」

「あなたの意見が聞きたい。」

教授は静かにわたしに促した。

「そもそも、同じ地域で同じ時期に生まれたというだけで同じときに同じ小学校に入学し、希望もとらないで勝手にクラス編成をされて一つの学級に入れられることに、わたしは疑問を持ちます。担任の言うことは絶対と言うような環境の下、たまたま同じ時期にたまたま地域で生まれたと言うだけで集団として仲良しごっこを強いられる。体格も頭の成長も生活環境もまるで違う者同士が、同じ内容の勉強を同じようにできるように教育されている気がします。」

「実はそこのところは文部科学省のお役人さんたちもわかってきて、習熟度別少人数指導のために教員を増やしたり、特別支援教育の充実などに予算をあてたりしたのだが、抜本的な解決には至らなかった。」

「その間にも、ボクみたいな人間が不適応反応を示してきたということですね。」

「わたしが引っかかっているのはそこなんです。ツッパリにしろ不登校にしろ、学校制度や社会に適応できず、居づらさを感じるマイノリティは、学校や学級という枠からはみ出すというアクションを起こすことによって自分の存在を認知させていた。『わたしは　ここにいますよ。』というようなアピールです。しかし、大森君の学級では、そうしたマイノリティが堂々と学校に来てマジョリティとして君臨しているような気がするのです。教授はどう考えられますか。」

「わたしもそれを感じていたのです。種市君がいられなくなるくらい心を病んでしまった教室に、大森君はなんとなくいられる。それは、学級の子どもたちと大森君の間に、相通ずるものがあるからではないだろうか。種市君というのは、これまでの学校制度の中ではマジョリティの中心にいるような存在だった。一方、大森君は、学校制度の中には馴染めず、自ら退き不登校という生き方をしてきたマイノリティの代表みたいな存在だ。」

「ちょっと待ってくださいよ。ボクがマイノリティの代表って…。」

「クラスの中で不登校の子どもはいますか？」

「はい、三名ほど。」

「その三名と、種市先生が世間で言うマジョリティ側で、キミの学級におけるマイノリティだったのかもしれない。」


わたしは、満天に輝く無数の星たちが線としてつながり、星座となって意味を見いだすような不思議な感覚に襲われた。

そして進化に思いをめぐらせていた。

ヒトとチンパンジーは元をたどれば同じ種にいきつくという。しかし、あるときから両者は袂を分かった。それは、ある一匹が立ち上がり、道具を使ったことから始まったのかもしれない。しかし、それが交流など不可能な地球上のさまざまな地域で、ほぼ同時に起きたという事実をどう説明すればいいのだろうか。立ち上がり、道具を使った一匹の行為が、他の仲間をも立ち上がらせ、同じように道具を使うようにさせるには、そうすることが優勢となるだけの成熟がその種の中に見られたのではないだろうか。そして結果として、立ち上がって道具を使った者だけが生き残ることができたという事実があるのではないだろうか。

同じ時期に遠く離れた地球上のあちこちで、同様の変化が起きることがあることは歴史が証明している。たまたまその地域で起きた偶然では説明がつかないことが実際にあるのである。そう考えると、進化とは、長く続く遺伝子の中に組み込まれた情報が、急激な社会の変化に備え、種の保存や生きる術の維持・獲得のために少しずつ成熟し、次のステップに変化する状態に十分達したときに、何らかの合図をきっかけにして地球規模で変わっていくことなのかもしれない。

…沈黙を破ったのは彼だった。

「マジョリティとマイノリティの境目ってどこにあるんですか。過半数ですか。ボクはそうではないような気がするんですけど。」

「大森君の発想はいつも面白い。

たとえばわたしの頭を見て、大森君はどう表現するかな？」

「白髪頭《しらがあたま》というか、白髪《はくはつ》でしょうか。」

「そう、たいていの人は白髪といいうだろう。しかし、わたしも生まれながらにこうだったわけではない。若い頃は黒髪だったのだよ。」

「ボクが出会ったときにはもう白髪でしたけどね。」

「そうかもしれんが、二〇代の頃は白髪《しらが》なんて数えるほどしかなかった。それが三〇代後半くらいから徐々に増え始めた。それでも、三〇代で白髪《はくはつ》と呼ばれることはなかった。白髪《しらが》が増えましたね、と言われるくらいだったと思う。それが四五歳を過ぎた頃から突然、白髪《はくはつ》の人と呼ばれるようになった。」

「白髪の方が黒髪より多くなったのでしょうか。」

「いや、正確なことはわからないが、数だけで言ったら四〇代になった頃、すでに半分以上は白髪だったと思う。だから、数ではないのだよ。数ではないが、ある一線を越えた瞬間、その印象は一八〇度変わるということがあるのかもしれない。」

なるほど教授の視点は面白い。

「最近では、生え際が少しずつ後退していっている。これで、正面から見たとき、生え際が見えなくなったとき、わたしは白髪の教授ではなく、ハゲの教授という印象に支配されるのではないかと恐れているのです。」

「はぁ。」

オチまで付いている。笑っていいかどうかわからないわたしは、話題を変えるための言葉を探していた。

「政権交代はある日突然やってくると言うことですか?」

うまく話題を戻せた。

「そう、徐々に変わる交代劇も存在するだろうが、数による印象という視点から見れば、政権交代は一瞬で起きる。たとえばそれが八二パーセントだとすれば、八一・九九九…パーセントまでは黒だったものが、八二パーセントになった瞬間、白になってしまうということです。」

「教授の頭と同じですね。」

こら、話をもどすな。

「教授の言うことはわかります。でも、わからない点が二つあります。

一つは、三年二組において、大森君のような子どもたちがいたとして、それがそのクラスのマジョリティになることができるでしょうか、ということです。

もう一つは、これが三年二組だけで起きていることではなく、日本のあちこちの学校で同時多発的に起きていることなのかということです。」

「うちのクラスで起きていることは、そんなに大それたことなのですか。」

「少し考える時間をいただけないか。」

図書館の玄関前の大時計の針はもうすぐ九時を指そうとしている。

「今週の土曜日、わたしの研究室に来てくれませんか。午後からでいいですから。そのとき、続きを話しましょう。」

「わたしは仕事がありますので…。」と言いかけてやめた。午後から有休をとってでも教授を訪ね、この続きを知りたいと思った。

「必ず行きます。」

彼は迷うことなく答えていた。教授からの提案には「はい」か「イエス」しかないのだ。

教授の研究室

はじめて教育大学に来た。正門をくぐり、総合受付で名前と用件を記入する。任意だが、身分証明書かそれに代わるものの提示が求められる。わたしは運転免許証を提示したが、写真写りが最悪だったので、マイナンバーカードにすればよかったと後悔した。大学キャンパスの配置図を手渡され、「こちらが佐藤教授の研究室になっています。」とご丁寧に○印までつけてくれた。これが大変役立った。地方の国立大学は、キャンパスが馬鹿みたいに広い。建物も点在している上に、掲示は不親切である。外部からの訪問者を想定して作られていないので当たり前ではあるが…。

午後一時ちょうどに研究室の前に着いた。ノックを三回してドアを開けた。

「こんにちは。」

ドアを開けて中を覗くと、一番奥の立派な両袖机の向こうに、これも立派な社長椅子風の肘掛け付き椅子に腰かけていた斉藤教授が立ち上がり、入り口までわたしを出迎え、すでに大森君が座っている研究室中央にある事務机に案内してくれた。

「こちらへどうぞ。」

とパイプ椅子を引くと、教授は右奥手にある給湯室に向かい、コーヒーカップとドリップしたコーヒーを持ってお誕生日席に座った。

「砂糖とミルクは使いますか。」

「はい、どちらも。」

といううわたしの返事と、

「ミルクを。」

という大森君の返事が重なり、ちょっと空気が和んだ。

「砂糖はそちらの戸棚にあるから…。」

と、言われる前に、大森君は席を立って戸棚を開けていた。

「今日は、忙しい中ありがとうございます。大森君の学級で起きていることや、あなたのご意見などを聞かせていただきたいと思います。わたしも少し考えたので、お互いに聞き合って、今、起きている事象についてもう少しクリアにしていきたいと思います。といっても、堅苦しい話ではなく、リラックスしながら話しましょう。あのロビーのように。」

大森君は、コーヒーにミルクを入れ、スプーンでかき混ぜながら聞いていた。わたしもコーヒーに砂糖とミルクをたっぷり入れて、教授の話が終わってから口にした。少し冷めた、甘いコーヒーがわたしの喉を流れた。

「先日の話で、あなたはわからない点が二つあると話していたが、その意見に変わりはないかな。」

「はい、変わっていません。一つ目は、このようなことが三年二組において、大森君のような子どもたちがいたとして、そのクラスだけマジョリティになることができるでしょうか、ということでしたね。わたしなりに少し考えてみました。このことは、文部科学省のGIGAスクール構想が大きく関わっているとわたしは思います。」

「面白いですねぇ。聞かせてください。」

「文部科学省がGIGAスクール構想を発表したのは、二〇一九年でした。当時、世界の諸国から後れを取っていた教育のICT化に向けて、小中学生への一人一台端末と高速ネットワークの整備をという構想でした。ただし、予算や施設設備の整備に時間がかかるという予測から、数年かけて段階的に配備していくという計画でした。それが、パンデミックによってすっ飛んだ。というより、全国一律に一気にGIGAスクール構想を進めざるを得なくなった。しかも反対派が口を挟む間も与えずにです。これは、実は文部科学省にしても追い風であり、大きな誤算でもあったと思います。」

「と申しますと…。」

「隕石が落ちて、突然、大氷河期が始まったような感じといえばいいでしょうか。」

「もう少し詳しく教えてください。」

「現在、オゾン層の破壊などで地球温暖化が進んでいると言われています。地球上の平均気温が年々上昇しており、このままだと北極の氷が溶けて大洪水が起き、海抜が低い都市などは水没するのではないかと言われています。しかし、その気温の変化は急激なものではなく、対策にはまだ時間的猶予があると思います。その間に人間の知恵や文明のさらなる進歩で二酸化炭素排出量を大幅に減らす等の対応もできるかもしれません。つまり、生活を大きく変えるほどの変化ではなく、まだ対応可能だということです。

実はGIGAスクール構想も当初の計画通り、時間をかけて段階的に整備していくのであれば、学校現場でも準備期間が十分に取れ、大きな変化というまでには至らなかったのではないかと思うのです。

それが、あのパンデミックのために、全国一律に全ての学校で、全ての児童生徒に対して一斉に導入された。しかも、『ヨーイ、ドン！』で使うことを強いられる状況になった。賛成とか反対などと言っている場合ではなくなったのです。つまり、隕石が『ドン！』と落ちたわけです。」

「パンデミックが隕石の役割を果たしたのですね。興味深い。しかし、それがマイノリティをマジョリティにした、というのは飛躍しすぎませんかな。」

「黒板、ノートがパソコン、タブレットに代わり、情報が開放されたことが大きかったのだと思います。」

「三年二組では、個々人の意見が最後には一つの意見に書き換えられるという現象が起きていますよね。」

「はい、毎日毎日そうなってしまうので、最近では途中の段階で何度かスクリーンショットを撮っておくことにしています。」

「それって、黒板やノートで授業をしていたときにはなかったことですよね。」

「そうですねぇ。基本的には自分のノートに何が書いてあるかは誰もわからないわけで、手を挙げて発表しない限りは秘密は守られてたと思います。」

「それがタブレットになるとどうなる？」

「誰が何を書いたのか、先生だけでなくクラス全員にわかってしまいます。」

「それだけじゃない。だれが書いていないのかまでわかってしまいます。」

「その通り、さすが教授です。実はそこが一番の肝だったのではないかとわたしは思っているのです。たとえば、クラスに種市先生のようなマジョリティと大森先生のようなマイノリティが児童としていたとします。これまでの授業だと、先生の発問に、元気に手を挙げて答える種市君は、クラスのヒーローでした。反対に、わかっていたとしても手を挙げることができない大森君は、どんどん居づらくなり、しまいには不登校という結果になったかもしれません。」

「本当のことだからなんとも言えない。」

「ところがパソコンやタブレット中心のGIGAスクール構想時代の教室では、先生の発問に対する答えは、一人一人がタブレットに打ち込む。そしてそれは先生ばかりか他の児童にも周知のことになる。種市君のような子は、すぐに答えを打ち込み得意顔でいることでしょう。迷っている子、悩んでいる子もいるでしょうが、何人かが書き込むうちに、誰もが、より精度の高い回答に行き着くのではないでしょうか。そして満を持して最上級の答えを書く子が現れる。この状況では、最初に思いついた子や威勢がいいだけの子は、他の子どもたちの支持を得ることはできません。ヒーローは、全体の様子を見ながらより精度の高い答えを打ち込んだマイノリティになるのです。そうして、他のマイノリティたちは、その答えを支持するかのように、同じ答えに書き換えるのです。誰が最初に書き込んだかではなく、最終的に自分が書き込んだ答えがより正しい答えであるという証拠を残すために。」

「そんなのずるいでしょう。」

「たぶん種市先生や、今、不登校になっているかつてのマジョリティたちはそう言ったと思います。しかし、これはルールに則っていることなのです。」

「どうしてですか？」

「他の人の答えを見てはいけないのならば、最初からタブレットなどを使わなければいいのです。ノートに考えを書くのならばそれはできます。しかし、このやり方では、他の子の意見を参考にすることは認められているのです。そうして多面的・多角的に考え、自分の考えを深めていくことをむしろ奨励しているのです。ですから、これはカンニングではない。」

「しかし、それでは一人一人が自分の頭で考えたり、感じたりする経験が足りなくなるかもしれないな。」

「そこで旧態依然たる方法に終始する人間は、氷河期を生き残ることができなくなるのかもしれません。」

「恐竜…。」

「これからの時代を生き残るには、知識の蓄積とか、発想だとかは最低限でよくなるのかもしれません。」

「いやいや、その発想は飛んでいる。」

「大森君いいですか、タブレットの最たるものはスマホですよね。もう誰もが持っていて当たり前の時代になっている。スマホ一つあれば、財布もいらない、辞書もいらない、カメラもテレビもステレオも、計算機や翻訳機もいらない、キャッシュカードや保険証、パスポートや身分証明書、免許証もいらなくなるかもしれない。」

「それはスマホだからでしょう。」

「そうじゃなくて、子どもの頃からタブレット万能時代の子どもたちは、タブレットの延長上にあるスマホやスマートウオッチがあれば、というよりそれを使いこなすことができれば、その技術が高い者ほど、社会的な成功者となるような時代が来るのではないかということなんです。」

「ボクたちがそれに加担している…。」

「そうですねぇ。パンデミックがなければ、緩やかな進歩の中で、その時々の最良解を求めただろうから、種市先生側が一気にマイノリティになることはなかったかもしれない。

しかし、パンデミックという隕石が落ちたことにより、革命的大逆転劇が成立したのです。」

「わたしの頭が白髪になった瞬間ということだな。」

「これまでの時代は少なくとも努力が無駄になることはなかったといえる。英語の単語を一〇〇覚えている人間よりも一〇〇〇覚えている人間の方が豊かに英語を話すことができたと思います。しかし、そんな必要はもうなくなるのです。今は、イヤホン型の翻訳機があり、英語で話された内容を瞬時に翻訳してくれます。そして、それに対して日本語で答えた内容を、瞬時に英語に翻訳して伝えることもできます。その時間差は、海外に電話をしたときの微妙なずれ程度であり、数年後には全く違和感ないものになるでしょう。つまり、英単語を一生懸命に勉強する必要はなくなるんです。ただし、言語によるコミュニケーション能力は必要になります。それは日本人相手でも同じことでしょう。

数学はどうでしょうか。日常生活の中で、立式し、計算して答えを求めなければならないという場面もあるでしょう。しかし、その多くは機械が代わりにやってくれます。買い物で計算したり、お金を払ったりという場面はどんどん減ってきています。カードやスマホがあれば、買い物もできます。ただし、こちらも立式できたり、求めた答えの意味を知り、活用できなければ何にもなりません。

わからないことがあれば、やはりスマホで調べればいい。魚を三枚におろす方法も、犬小屋の作り方も、難しい資格の取り方も、ユーチューブをみれば何でも教えてくれます。」

「人間は何もしなくてもいいということでは…？」

「ありません。それを使いこなすことができるようになることが大切なのです。スマホやタブレットを使い、いかに速く調べられるか。いかに速く納得解・最適解を導き出し、活用できるかが重要になってくるのです。」

「それだけですか？」

「それだけではない。」

教授が口を挟んできた。

「あなたの話は大変興味深いし、核心をついている。その上で生きていく上で必要になる能力とは何かということをわたしもさっきから考えていた。

まずは、情報収集力。知識を頭に入れなくとも、瞬時に情報を収集できる力が必要になる。次に情報活用能力。どんな情報を収集しても、それを生かせなければ何にもならない。応接間に飾られた百科事典に終わってしまう。得た情報を最大限活かす能力が必要であり、逆にいうと生かすことができる情報を収集する力が求められると言える。」

「なんだか、難しくなってきました。」

「もう少し付き合ってくれ。詰まるところ、学習指導要領で謳われたところの『知識・技能』についてはパソコンやタブレットで肩代わりできる。これまで、一心に暗記するような勉強をしてきた我々世代には驚異というか、全否定みたいな感じになってしまうが、そこで必要になってくるのが『思考力・判断力・表現力』や『学びに向かう力、人間性等の涵養《かんよう》』といったところにウエートを置くことになると思う。」

「あの～、ボクの学級の話にしていただきたいのですが…。」

「そうだったな。この方の話が大変興味深いので、深追いしてしまったよ。」

わたしのせいだと思い、話をもどした。

「たとえば、小学三年生の算数では、六六×四八みたいな二桁×二桁の計算を学習しますよね。」

「はい、なかなか苦労する子がいます。」

「二年生の段階では、全員が九九を暗唱していると思います。つまり、一桁×一桁は、即座に答えを言うことができる。」

「その通りです。」

「しかし、これが二桁×二桁になったり、小数や分数になったらもうお手上げという子が出てくる。キミはどう指導する？」

「そのままでは計算できないので、便利な方法として『筆算』を教えます。」

「なんと？」

「便利な方法として…」

「それです。先人が考えた便利な計算方法として『筆算』を教えるんですよね。」

「はい。」

「同じことです。」

「はあ？」

「便利な方法としてタブレットに計算させるのです。」

「そんなことであれば、電卓が発明され、普及した時点で電卓にすればよかったのではないですか。」

「そこのところはわたしから説明しよう。」

　また教授が口を挟んできた。

「実際に、今は電卓を使わせる授業もあるし、特別な配慮が必要な子どもには最初から電卓を使わせることも多いと聞く。」

「それでは子どもたちは何をするのですか？」

「子どもたちは問題から式を考え、計算はパソコンが行う。そして得た答えを活用することになる。」

「活用とは？」

「教室を離れて実際の場で使うことができるかどうかが重要になるのだよ。

例えば、ネットで買い物をするとする。少年野球のチームでバットを五本買うとしよう。同じバットでもA社とB社では単価が違う。A社は一本五六〇〇円、B社は六〇〇〇円。

ただし、A社は五本以上まとめ買いをすると一割引になるが、送料が一本一〇〇〇円かかる。B社は、買い物料金の合計額が一〇〇〇〇円以上になると送料が無料になるとすると、どちらで買う方がいいか。」

「なんかややこしいですね。」

「大森君、頑張って解いてみて。」

「A社は、五六〇〇円が五本だから×五で二八〇〇〇円、でも五本以上だからその一割である二八〇〇円を引いて二五二〇〇円、さらにそこに送料が一〇〇〇円かけることの五本で五〇〇〇を足して三〇二〇〇円ですね。B社は簡単です。合計額が一〇〇〇〇円以上になるので、送料は無料なので六〇〇〇円×五で三〇〇〇〇円になります。

ということで、Bの方が二〇〇円お得ということになります。」

「よくできました。」

「からかわないでくださいよ、教授。」

「こういう場面は日常的に考えられます。そんなとき、電卓を使ってはいけないとか、タブレットに頼ってはいけない、なんて制約は意味をなしません。」

「それはそうだけど…。それなら学校でやっている勉強は意味がないのではないですか。」

「そんなことはないよ。教授、お願いします。」

口を挟まれる前に、教授に振った。

「それは、プログラミング教育で説明できるかもしれない。」

「今度はプログラミング教育ですか。もう混乱してきました。」

「そう言わず、まぁ聞いてくれ。文部科学省がプログラミング教育を導入したのは、二〇二〇年度からです。その時点ではまだパンデミックは起きておらず、学習指導要領の中で実施していくこととされていた。そのねらいは、大きく三つ。一つはプログラミング的思考を育むこと。二つ目はプログラムの働きや良さに気付き、コンピュータを上手に活用して身近な問題を解決したり、よりよい社会を築いたりしようとする態度を育むこと、そして三つ目は各教科等の内容を指導する中で実施する場合には、各教科等の学びをより確実なものにすること、の三点が挙げられている。」

「やっぱり混乱してきた。」

「もう少し絞りましょう。そのプログラミング的思考とは何ですか？」

「そこだよそこ。文科省はこのプログラミング的思考という言葉をさらっと入れてきたが、今後の教育を見通したとき、キーワードになる可能性があるのだよ。」

「詳しく教えてください。」

「プログラミング的思考とは、『自分が意図する一連の活動を実現するために、どのような動きの組み合わせが必要であり、一つ一つの動きに対応した記号を、どのように組み合わせたらいいのか、記号の組み合わせをどのように改善していけば、より意図した活動に近づくのか、といったことを論理的に考えていく力』のことと定義されているのだが、これは何もコンピュータに限ったことではない。」

「わかりやすくお願いします。」

「日常生活でも何でもいいが、何かを成すには順序立てて考え、手順を間違えないで進めていかなければならない。」

「たとえば？」

「たとえば、キミが今、歯を磨くとしよう。キミは洗面台の前に立っている。まず何をする？」

「歯ブラシを持って、一回水で洗います。その後、歯磨き粉をつけて歯を磨き、口をすすいで終わりですね。」

「それを論理的に命令していくのだよ。例えば歯ブラシはどちらの手で握る？」

「右手です。」

「では右手を前方に移動し…、歯ブラシはどこにある？」

「洗面台のコップに立っています。」

「一本だけ？」

「いいえ、母のもあります。」

「では、右手でキミの色の歯ブラシを取るのだけど、どの指を使ってどうつかむのか、つかんだ歯ブラシを水ですすぐのだが、水は左手で出すのか、水を出す方法は？　水量は？　どれくらいで止める？　…など、歯を磨く前の段階だけでも相当の手順が必要になる。」

「そんなこと意識したことありません。」

「それが人間とか、生物のすごいところなんですよね。」

「そう、それが人間や生物のすごいところなんだよ。」

「われわれが普段何気なくしていることでも、ロボットに同じことをさせようとすると、とんでもない量のプログラムが必要になる。もちろん、それをプログラミングするＡＩも作られてきているが、現実には人間を超えるまでにはまだまだ時間がかかりそうなんだよ。」

「歯ブラシに歯磨き粉をつけるにしても、機械なら一気に力を入れてしまって、中身が吹き出すかもしれない。歯磨き粉がたくさん入っている場合と残り少なくなっている場合でも違うだろうし、第一あのような柔らかいものをつかんで持ち上げ、いいあんばいで中身をほんの少しだけ出すなんて、どれだけのプログラムが必要になるか。」

「誰にでもできることではないですね。」

「そう、大森君もたまにはいいことを言う。」

「たまには、は余計です。」

「そうした細部に亘るプログラミングは、プログラマーやＡＩに任せておけばいい。我々凡人はそれらを使うだけでいい。」

「それならできます。ボクら若者には、パソコンでもＩＣＴでも何でもすぐに使いこなすことができます。」

「しかし、そこに落とし穴が待っているんですよね、教授。」

「そうだなぁ。自動車の仕組みを知らずに運転する。スマホの仕組みを知らずに利用する。今では当たり前になっていることだが、作り手と利用側の距離がこれほど開いてしまうと、とんでもない結末が待っているのではないかという不安がつきまとう。」

「ノーベルやオッペンハイマーに学ばなければならないのですね。」

「また難しくなった。どういうことですか。」

「パンデミックが時計の針を一気に進めたことによって、日本の学校は大氷河期を迎えてしまった。大きくなりすぎたこれまでの学校制度は崩壊し、新たな価値観が生まれたのだ。その結果、黒板や教科書・ノートといった道具が一定の役割を終え、一人の教師が学級全体の授業を進め、子どもたちはその担任が望む回答を見つけるといった学習法が終焉を迎えるのだ。それは、学校教育の崩壊だけに終わらない。」

「マジョリティとマイノリティの逆転ですね。」

「その通り。すでに種市君の学級で起きたマジョリティとマイノリティの逆転だ。それが社会にまで及ぶかもしれない。今まで社会の中枢を担ってきたのは、学歴社会を生き抜いた少数のエリートたちだった。小学生の頃から勉強ができて、難関中学、難関高校を出て、東大・京大や有名私立大学を出た数パーセントの人間が、官庁や総合商社などに就職し、日本の社会や経済を牛耳っていた。」

「ボクなんかには想像もつかない世界だね。」

「次元が違うかもしれないな。」

「そのエリートたちは、地頭がいいのはもちろんだが、一日一〇時間でも一五時間でも勉強することができる努力をし続けることができるという才能まで持っている。だから、とんでもない量の知識と事例を頭に詰め込み、それらを自在に使って情勢を分析し、最適解を導いていく。」

「容量とスピード、それに経験や歴史に基づく判断力が必要ですね。」

「その通り。それに加えてディベートに代表される交渉力やコミュニケーション能力も必要になる。まるでスーパーマンだよ。」

「そんなスーパーマンが君臨する世の中だから、クラスの人気者も、頭がよくてスポーツ万能の爽やか君だったりしたんですね。ボクとは真逆だけど。」

「そうした化け物たちが、絶滅の危機に瀕するということだ。」

「化け物・イコール・恐竜ってことですか。」

「そういうことだな。」


話がどんどん膨らんでいってる気がする。反対に、焦点化している気もする。大森君の学級で起きている現象に対するわたしの感覚的な気づきが、教授によって一つ一つ理論づけられ、謎解きされていく心地よさを感じた。と同時に、そんなわけはない、と思う自分と、そう思いたい自分もいる。話としては面白いけどね、と笑って終わることができればいいのに…、そう期待する自分も確かにいるのだ。

教授、最後に「知らんけど」とか言わないですよね。

「コーヒーのおかわりはどうかな。」

「ありがとうございます。」

「ボクは冷たいものがほしいです。」

「冷蔵庫から好きなものを持ってくればいい。」

「ありがとうございま～す。」

　学級の子どもたちの言い方が移ってしまっているようだ。


「これからの時代をリードするエリートとはどんな人間でしょうか。」

「少なくとも知識の量を競う時代ではなくなるということは言えるでしょう。」

「そうだね。大学の教授会や学会でも話題にしているのだが、高校の新教科に『情報一』が入った。一があれば当然二も出てくるだろう。情報処理能力、情報活用能力、情報管理能力なんかが求められるだろう。そこに、さっき言ったプログラミング的思考を持って情報を論理的に組み立て、コミュニケーション能力を発揮して活用し、エージェンシーをもって社会をリードしていくような人材がエリートとして君臨していくんじゃないだろうか。」

「エージェンシーって何ですか？」

「わたしもわかりませんでした。」

「ウェルビーイングが主に個人にとっての満たされた状態を指す概念であるのに対し、エージェンシーは『責任の意義』が強調される概念で、自ら立てる目標設定やその実現は、自分たちの欲求の実現にとどまらず、自分たちが所属する社会に責任を負うことまで求められる、といった考え方をいう。エージェンシーとは。よりよい未来の創造に向けた変革を呼び起こす力のことで、より広く社会全体の幸福や健康に寄与するような力を表す言葉なんだよ。」

「ウェルビーイングからエージェンシーへ、ですね。何か将来に期待が持てます。」

「ボクの学級の子どもたちにとっては、まだまだ遠い道にしか思えません。」

「そこですね。大学の先生とか学者さんは、机上の論理をどんどん進めていくけど、実際の現場や社会で起きていることは、例外だらけで計算通り、設計図通りはいかないことの方が多い。」

「折れ線グラフと同じだよ。」

「どういうことですか？」

「折れ線グラフを描くとき、まず実測値を点で示すだろう。その点を結べば折れ線グラフは完成するのだが、ガタガタの折れ線になる場合もある。しかし、より多くの事例を示すと点は散布具合を示すようになり、点の密集具合から近似曲線を引くことができるようになるのだよ。つまり、それぞれの場所で起きている事象も、大きな矢印によって方向性を示すことができるということなんです。ただし、個々に見ていくと、十分なケアが必要な事象や、何らかの手を施さなければならない事象もありうる。そういう人のために、あなたはいるのかもしれない。」

「わたしが、あのロビーチェアでしていることが？」


ゴールが見えない迷路のような議論は、この後も続いたが、わたしは教授が言った「そういう人のために、あなたはいるのかもしれない。」という言葉が頭の中を巡り、その後の内容は上の空だった。

空腹と疲労に耐えられず、結論らしい結論に行き着かぬままわたしと大森君が研究室を後にしたのは、九時を少し回った頃だった。

すっかり暗くなった大学のキャンパスを、わずかな外灯と月明かりを頼りに無言で歩く二人は、放心状態のまま駅まで歩いた。頭の中では、今日話し合ったひとつひとつがぐるぐるしていた。少なくともわたしはそんな状態だった。いや、大森君もそんな顔をしていた。

駅に着くと、二人は別々の電車に乗り込み、帰宅した。雨が降っていたんだ、と気づいたのは、電車を降りてからだった。

ロビーチェア

「こんにちは。」

「こんにちは。」

あれから一ヶ月が経っていた。

「お久しぶりです。」

「なんか、いい顔してるね。元気そうで何よりです。」

「そうでもないですよ。あのあとも毎日事件は起きるし、管理職の目はますます厳しくなるし、ヘトヘトです。そんな状態だったので、ここに来ることもできなかったんですよ。」

「来なくてもやれていたということは、ずいぶん進歩したということじゃない。」

「そうだといいのですが…。」

「いいこともあったんじゃない？」

「わかります？」

「わかるよ。表情が全然違うから。」

「実は不登校だった三人が、動き始めたんです。」

「それはすごい。何をしたの？」

「ボクが何かをしたというわけではないと思います。彼らの外向きのエネルギーが飽和状態を迎えていたのだと思います。」

「もともとは外向きのエネルギーにあふれている子たちだからね。でも、きっかけは必要でしょう。何をしたの？」

「先週、保護者会があったんです。そのとき、不登校の子たちの保護者にもぜひ来てほしいとお願いしたのです。授業を見てほしい、その上でこの学級で起きていること、今後の教育の方向性等について、お話ししたいと伝えました。」

「たくさん集まったのですね。」

「ほぼ全家庭の保護者が授業を見、懇談会に参加しました。」

「それほど関心が高いってことだね。」

「それほど心配な状況だったということです。」

「授業は道徳をやりました。全員の考えがわかるように電子黒板で映しながら行いました。」

「じゃあ、オセロの大逆転劇も…。」

「もちろん、見事に白一色に変わっていくところを見てもらうことができました。」

「そのときの保護者の皆さんの顔を見たかったなぁ。」

「ボクも見せたかったですよ。」

大森君の顔がいつもよりも頼もしく見えた。この人もどんどん成長している。不登校で引きこもりで、なにもしたくない大森君の面影は消え、子どもたちはもちろん、保護者まで指揮するコンダクターのようだ。

「その後の懇談会はどう進んだのですか？」

「まずはオセロの大逆転劇についての質問が飛んできました。『あれは自分の考えではないのではないか。』『算数とかもそうなのですか？』『カンニングじゃないですか。』など、サンドバッグ状態。ボクはひとつひとつに答えるのではなく、自分の体験からお話ししました。カミングアウトです。」

「それはおもしろい。」

「最初に、ボクが小中と不登校であり、高校は一年もたずに自主退学し、高卒認定試験に合格してなんとか大学に行ったことを話しました。」

「頑張ったね。」

「その上で、ボクがなぜ学校に行かなかったのか、行けなかったのかをお話ししました。」

「どんな反応でしたか？」

「シーンとしてしまいました。」

「そりゃそうだろうね。」

「そんな人が、なぜ今自分の子の担任をしているんだ、という怒りのような視線を感じながら、次に種市先生の話をしました。」

「両極端だね。」

「そうです。元気いっぱい、明るいリーダーである種市先生が、これまでの学校生活では苦労しないで過ごし、先生になってもそのやり方で突っ走ったのではないかということを話しました。」

「それじゃあ、うちの子たちが悪いというんですか。」

と、一人の保護者が言い、修羅場になりかけた状況を収めたのは、何を隠そう種市君でした。

「おもしろいですね。」

種市君が教室の前の戸を開け、突然教室に入ってきたのです。

「皆さん、ご迷惑をおかけしてます。そしてご心配をおかけしました。

本来であればまだまだ自宅で療養してなければならないのですが、今日行われる保護者会で話されることが、キミの人生、そしてこれからの教育の大きな分岐点になるかもしれない、と大学の斉藤教授から連絡をいただき、いても立ってもいられなくなって駆けつけました。

　皆さん、まずは大森君の話をもう少し聞いてみましょう。」

　想定外のゲスト登場に、動揺を隠せないボクでしたが、大学時代のボクを知る種市君がいることでボクの話に信憑性が生まれるかもしれないと思い、あのとき五時間も六時間も話した内容を、三〇分ほどにまとめて話しました。

「質問というか、ここからは皆さんの率直なご意見を聞きたいと思いますので、フリートークでお願いします。」と、言うと、

「まずボクに話させてください。」

　と、声を上げたのはやはり種市君だった。

「話の内容はよくわかりました。パンデミックという隕石が落ち、一気に大氷河期を迎えたため、これまで隆盛を誇っていたボクみたいな恐竜が生き残れなくなってしまったと。」

「その通りです。」

「いやいや、にわかに信じがたいですよ。」

「ちょっといいですか?」

　申し訳なさそうに不登校だった加藤さゆりさんのお母さんが話し出した。

「うちの子、二年生までは元気に登校していたんです。クラスでもリーダー的な存在

で、授業や行事でも目立っていたと思います。三年生になって、担任が元気印の種市先生になった、と喜んでいました。それが数日で学校に行けなくなりました。理由を聞いても何も話してくれません。あげくの果てには理由なんかない、と言い張ります。…ただ、今の大森先生の説明を聞いて、なんとなく合点がいった気がするのです。」

「わたしも同じように思いました。」

同じく不登校になっていた堤喜代士くんのお母さんだ。

「うちの子、いじめられていたんだと思っていました。二年生まで目立っていたから。ちょっと生意気ですし、親のわたしから見てもちょっと嫌味なヤツですから。でも、そうじゃないと言う気がしてきました。時間はかかるかもしれませんが、なんか小さな光が見えてきました。」

「わたしもそういう気がしています。」

双葉弥生さんのお母さんも声を上げてくれました。

「うちの子は反対で、二年生までは不登校気味だったのに、最近では学校に行くのが苦でなくなったようです。楽しくなったとは本人も言いませんが、少なくともいやではないみたいで、親としては喜んでいます。」

同じような意見がいくつか出された。

「それで、このクラスはこの先どうなっていくんですか？」

そうだ、状況を説明したが、今後のことには一切触れていない。というか、方策を持っていない。

「このままでいいんじゃないですか。」

声を上げたのは、やはり種市君だった。

「いえいえ、そうはいきません。ねぇ、みなさん。」

と話す保護者の意見を遮るように、種市節が戻ってきていた。

「『幽霊の正体見たり枯れ尾花』ですよ。正体がわからないからいろいろと考えすぎて怖くなる。しかし、それがススキだとわかってしまうと、怖がることもなくなるでしょう。もう大丈夫です。ボクも半年しっかり療養して、元気に戻ってきます。それまでは、ここにいる大森君に頑張ってもらいます。そうして二人のタイプが全く違う担任に受け持たれることによって、かつてのマイノリティも現在のマイノリティもどちらも救われる。新しいクラス、新しい社会が始まるのです。」

「恐竜は絶滅するのでは?」

恐る恐る種市君に聞いてみた。

「コモドドラゴンって知ってますか? あれなんかは見た目からすると恐竜の生き残りと言えるかもしれません。しかし、実は恐竜とは祖先が違うようです。しかし、恐竜の生き残りは今もいるのにです。じつは鳥なのです。今いる鳥の祖先は恐竜なのです。そう考えると、恐竜は生き残るために体を小さく軽くし、移動手段を空に求めて生き残ったと言えます。であるならば、ボクも進化します。新しい時代に生き残る、いや新しい時代をリードするくらいの気持ちで、しっかり準備をしたいと思います。かつてのマジョリティ三人と一緒に。」


「なんかおもしろくなりましたねぇ。」

「なんかおもしろくなりました。」

「でも次の日から大きく変わった…なんてことはないですよね。」

「子どもたちは基本的には変わりませんでした。いつものようにタブレットの意見は一つに集約されるし、体育ではすぐにギブアップを宣言します。他の学級と交わることはなく、リーダーシップのかけらも育ちません。」

「雁の群れが大海を渡るとき、リーダーを先頭に矢先のごとく左右に広がりながら何百キロも飛んでいきますよね。先頭を行く雁が疲れると、そっと後ろに下がり、別の雁が先頭になるということを繰り返すというのです。リーダーシップとフォロワーシップのお手本と言われています。しかし、それは同じ群れの雁が同じ時期に、一緒に海を渡っていくということを前提にしています。まるで今までの教育です。しかし、これからの教育は違うのかもしれませんね。海を渡る雁は、渡る時期や方法を主体的に判断し、実行するでしょう。海を渡らない雁がいてもいいし、時期を変える雁がいてもいいのです。」

「多様性でしょうか？」

「いわゆる多様性とも違う気がしています。革命的変化が起きる、そんな感じがしています。」


「一つ変わったことがありました。」

「何ですか？」

「かつてのマジョリティの逆襲が始まりました。」

「それは愉快ですねぇ。もともと力のある子たちですから。」

「まだ、登校するまでは至っていないのですが、タブレットを使ってオンラインで授業に参加することが多くなってきました。」

「そうするとオセロは？」

「混乱します。三人がどんどん奇抜な意見を投げ込んでくるのです。」

「今のマジョリティも黙ってはいない。」

「その通りです。今までよりも精度のいい回答をより早く出すようになってきました。」

「大森先生はどうするの？」

「三人の意見と現マジョリティの統一した意見をもとに、さらに精度を上げるように話し合っていきます。タブレット上でですけどね。」

「新しい学びの形ができつつあるのかもしれませんね。」

「種市君も絡んでいるのでは？」

「よくわかりましたね。かつてのマジョリティの陰には種市君がいて、一緒に授業に入ってきたりしているんです。」

「その子たちが登校する日も…。」

「来ると思います。彼女たちが発する意見は、常に前向きで、やはりおもしろいのです。最近は三人の意見に他の子が反応し始めています。『いいね』を付けたりするのです。」

「素敵ですねぇ。」

「登校する日も近い気がします。」

「もしかして、学校の先生もいいんじゃないかと思い始めてない？」

「いや、そこはノーコメントです。でも、今のこの学級なら苦痛を感じずに行くことができます。」

「楽しみですねぇ。」

「そこまではいかないですけど、何とかできそうな気がしています。」

「というのは？」

「それは今のボクにはわかっていません。しかし、ボクの心をワクワクさせるものが、今の学校、あのクラスにはあるんです。もちろん、上手くいかないことの方が多いですけど、何かあったらここに来て聞いてもらいますから。」

「何かあったらここに来るんですか。」

「だめですか？」

「いや、だめとは言わないけど、…何もしないからね。」

「だからいいんです。」

「だからいいんですかぁ。」

「だからいいんです。」


市の出先機関が入った合同庁舎の一角にわたしが勤める図書館がある。合同庁舎の玄関を入ると、吹き抜けの広いロビーがあり、その奥の生涯学習プラザの前には、円形に並ぶロビーチェアがある。中央に観葉植物が置かれ、台形の椅子が背中合わせに円を描くように並んでいる。

仕事終わりにわたしは、毎日そこに座って身支度を調える。

そこに座る人は、それぞれが違う方角を向き、誰一人として目を合わすことはない。言葉を交わすこともない。それでいてどこか繋がっているような不思議な感覚がある。

わたしはこの場所が好きだ。

三年二組の子どもたち

一	阿部	詩音	女
二	伊林	春樹	男
三	太田	純也	男
四	岡山	大佑	男
五	加藤	さゆり	女
六	木村	千紗	女
七	工藤	浩介	男
八	小泉	華	女
九	近藤	悠人	男
一〇	佐伯	由美	女
一一	佐々木	千代	女
一二	清水	隼人	男
一三	新保	彩美	女
一四	菅井	和世	女
一五	外崎	新	男
一六	高橋	宗一	男
一七	高橋	透子	女
一八	千葉	歩美	女
一九	堤	喜代士	男
二〇	手代	環	女
二一	名鳥	美鈴	女
二二	新井田	武	男
二三	沼田	護	男
二四	野間	大翔	男
二五	畑山	遊里	女
二六	双葉	弥生	女
二七	本多	百合子	女
二八	真下	功	男
二九	柳	庄助	男
三〇	渡部	蒼	男

第二章

その日もわたしは仕事を終え、図書館の入り口を望むようにロビーチェアに腰掛けた。高校時代から使っているL.L.Beanのデイパックを肩から下ろし、こちらも使い込んだTHERMOSの水筒の口を開け、少しだけ渇いた喉を潤した。

（日が短くなってきた。）

ガラス張りの西側の窓が橙色に光っている。窓にはロールスクリーンが下ろされているが、秋の夕陽がロールスクリーンを突き抜け、ロビー一面を橙色に染める。

いつしかわたしは、ロビーの光で季節がわかるようになっていた。一一月の声を聞き、息を切らして逃げる秋のすぐ後ろに、余裕顔の冬が迫ってきている。遠くそびえる山渓に白いものが交ざるのももうすぐだ。今年の雪は、早いだろうか。

目の前の図書館の自動ドアが開き、一人の少女が出てきた。

最近よく見る子だ。

その子は、夏くらいから図書館で見かけることが多くなった女の子で、小学五年生、いや四年生くらいかもしれない。黒のパーカーにジーンズ姿のその子は、記録的猛暑に見舞われた夏も、街の木々や遠くの山々が色づく秋になっても、パーカーのフードをかぶり、ご丁寧にもいつもマスクをしていた。露出しているのは目と手だけ。防犯カメラに映っても本人確認は難しい。

来はじめた頃は、夏休み中だったため、他の小学生の中の一人だと思っていた。誰かと一緒にいるところを見たわけではないが、たくさんの小学生の中の一人と記憶している。ただし、クーラーが効いている図書館とはいえ、パーカーのフードを被り、マスク姿の小学生は反対に目立ち、職員の間でも話題になっていた。

九月になり、二学期が始まってからは、日中に小中学生の姿を見ることはなくなった。放課後、顔を見せる子もいるが、夏休みのときのように、ゆっくり本を探したり、学習室や書架前に置かれた天然木のベンチに腰掛けて読むような、ゆったりと過ごす子はいなくなっていた。その子を除いては。

その子は九月を過ぎても図書館に通い続けていた。毎日というわけではないが、休館の月曜日を除く火曜日から金曜日の四日のうち、三日は通っていた。時間は決まっていないが、午前に来る日は九時半、午後の日は二時頃来る。昼をまたぐことは決してなかった。

学校が始まっているけど、ここにいていいのだろうか。

ここで働く誰もがそう思いながらその子を見ていた。常連さんの元高校の校長だった山下《やました》さんも、いつも本を読みながら水筒から温かいお茶を注ぎ、おいしそうに飲む阿彦《あびこ》さんも、その子を目で追い、

「どうしたもんかねぇ。」

と、その子ではなく職員に言う。

見るからに周りを拒絶しているかのような立ち居振る舞いでありながら、行動は衝動的だ。図書館中を歩き回り、気になる本を見つけると、手に取りその場にしゃがみ込んでページをめくる。何ページか見て、興味がないと思うと、躊躇なく書架に戻す。それが二、三冊のこともあれば、一時間にも及ぶこともある。そうしてお気に入りと出合ったら、大切そうに胸に抱えていつもの場所へ移動する。そこはその子の定位置とも呼べる場所。

合同庁舎の北側を占める図書館の右奥の一角。幼児用の絵本と児童書の島を越えたところに開ける東向きの小さな空間。全面ガラス張りの大窓の向こうには、小さな花壇があり、季節の花を楽しむことができる。その先はバスなどが行き来する大きな通りになっている。そのガラス窓の前に、小さな一人がけソファが六つ並んでいる。その一番左、カウンターから最も遠い位置にあるソファがその子の定位置だ。午前中はまぶしいくらいの陽ざしを浴び、本を読むには適さないと思うが、そんなことはお構

いなしに、その子は定位置でお気に入りを読む。黒いパーカーのフードを被り、ご丁寧にマスクまでして。

「学校はどうしたの？」

誰もが何度も言いかけた。しかし誰も一度も言わなかった。それを言ったら明日は来ないかもしれないことをみんな知っていた。何も言わず、そっとしておくことが、その子にとって一番いいことだということを誰もがわかっていた。そんな春の陽だまりのような空気感がこの場所にはあった。だからなのか、わたしもここが、この図書館が大好きだ。

その子の母

図書館から出てきたその子は、正面を向いて座っているわたしと目を合わせることなく一つ空けて右手のロビーチェアに腰掛けた。その子がこの時間まで図書館にいることはないので、正直驚いた。そんなわたしのことはど眼中にないその子は、座るとすぐにカバンからスマホを出して何やら打ち出した。

「もう。」

口から漏れたその言葉に、いらだちが伝わった。スマホをカバンにしまい、図書館の印とバーコードが付いた本を取り出して読み始めた。

気にしたくなくても気になる。その子との距離は約九〇センチ。話しかけるなら今だ。学校帰りに靴箱の横で今日こそ告白しようと片思いの子を待つ小学生の心境だ。いや、なんでそんな気持ちにならなければならない。今、目の前というか目の横にいるその子が、わたしの恋愛対象でないことは明白だ。それとも誘拐犯に間違えられることを恐れてのドキドキか。

勝手に一人でどぎまぎしている混沌を、一瞬で断ち切る救世主の声。

「ごめんごめん。なんだか道が混んでいて、駐車場も並んでいたから…。」

「チェッ、言い訳ばっか。」

『言い訳ばっか』よりも、その前の『チェッ』が耳に残った。

「だから謝ってるじゃない。」

「謝って済むんなら…。」

「警察はいらない。そうよね。謝らなくても済むようにしなければね。ママ反省する。」

娘の話を最後まで聞かずにかぶせるように話す母。そのことにうんざりして口を塞ぐ娘。この母は、娘のことを考えて話しているようで、主語はいつも自分なんだと思う。たぶん、娘も。

「あれ、新しい本借りたの？　ママにも見せてちょうだい。」

「すぐに話を変えるー。」

「変えてなんかないわよ。今日は本当にママが悪かった。ごめんなさいね。」

「『今日は』って何？　それに『ごめんなさい』に『ね』を付ける意味がわかんない。」

鋭い。わたしも同じことを感じていた。娘に一票。この子の感性に驚かされる。

「クレープ食べたい。」

「ええ？　帰ったら晩ご飯よ。今食べなくても…。」

「ほら、なんにも反省してない。」

「それとこれとは…。」

「違わない。」

似たもの母娘なのだ。娘も話を最後まで聞かない。二人の会話にどんどん引きつけられる。最初は横目でチラチラ見ていたが、今は体を向けてガン見しているわたしがいた。そんなことお構いなしに、二人の会話は続く。

「悪いと思っているなら、一つくらい聞いてくれてもいいと思う。悪いと思っているならね。」

「思っているわよ。それは間違いない。でもそれがクレープではないと思う。」

「じゃあ何なの？」

「今度から絶対に遅れないとか…。」

「そんな当たり前じゃない。そうするとしても、今日の分はチャラにはならないと思う。」

「っていうか、単にクレープが食べたいだけなんでしょう。」

「そんなこと…。またそうやってはぐらかそうとしている。」

「そうではなくて、クレープはクレープで買っていいわよ。でも、それと反省は別にしましょう。ママも食べたくなってきたわ。」

「なんでもいい。買ってくるからお金ちょうだい。」

　今日は、昼前から庁舎前の駐車場にクレープのキッチンカーが駐まっていた。その子の定位置からよく見える場所だったので、目についたのだろう。クレープは反省とは関係ないな。ここはお母さんに一票入れておく。

「これだけあれば大丈夫ね。」

　母親は千円札を二枚渡した。

「一人で大丈夫なの？」

「大丈夫。ママはここで待っていて。」

「わかったわ。カバンは置いておいていいわよ。」

「ママは何食べる?」

「ええ?　わたしの分も買ってきてくれるの?」

「当たり前じゃない。」

「それじゃあバナナチョコクリーム。生クリームマシマシマシで。」

「わかった。マシマシマシでお願いするね。」

この子はいい子だ。そしてお母さんとの関係も。ただ、ちょっとしたことで崩れるもろさをもっていると感じた。なんとなくだけど。


その子は走って外に出て行った。ロビーチェアにはわたしと母親だけ。沈黙がロビーを占めた。

何分経っただろう。もじもじしていた母親が意を決して立ち上がり、わたしの隣に座った。ロビーの橙色はすっかり薄れ、蛍光灯の白が一面を支配していた。

「あの～、図書館の方ですよねぇ。」

「はい、図書館に勤めています。小袋と言います。」

なぜか名乗ってしまった。

「いつも娘が迷惑をかけています。わたしは斎木《さいき》と申します。斎木華《はな》の母親で斎木澪《みお》です。」

あの子は斎木華と言うんだ。お母さんは澪さん。

　ここでようやく母親をまじまじと見た。肩よりも少し長い髪の毛を無造作に後ろで束ねている。濃いという印象はないが、好感のもてるばっちりメイク。淡いベージュのブラウスに膝丈の花柄スカート、黒革のハンドバッグを持っている。白いハイヒールは七センチほどか。指輪やネックレス、腕時計のキラキラ系もしっかりと身に付け、上品な奥様という雰囲気を醸している。ついでに香水の香りまで醸して。あっこれは〇〇の香り、とわかる人にはわかる香水なのだろう。

「迷惑なんてかけていませんよ。いつもご利用いただき、ありがとうございます。」

「でも二学期が始まってからも毎日のようにきているから…。娘は不登校なんです。三年生の三学期から。今は五年生なので、もう一年半以上学校に行ってません。」

「そうでしたかぁ。図書館で見かけるようになったのは、今年の夏くらいかと思いますが。」

「そうですねぇ。今年の春くらいまでは家から一歩も出られませんでした。外に出られるまでに一年以上かかりました。」

「お母さんも大変だったんですね。」

「はい…。もう、何が何だか、どうしてあげたらいいのか、何もわからなくなってしまいました。聞いてくださいますか。」

「わたしでよければ。」

母親は、見ず知らずの図書館職員に、しかも公共の場であるロビーで自分の子の不登校とそれと戦う苦悩の日々を一気に話し出した。

なんでうちの子が

「なんでうちの子が、と思いましたよ。だって前の日までは普通に学校に行ってたんですから。」

ため息が交じったように吐き出す言葉が誰もいないロビーに響いた。

「きっといろんなことがあったのでしょう。生い立ちから教えてもらえますか。」

あえて静かな声で返した。母親も冷静になり、古いアルバムを開くように話し出した。

「わかりました。華は小さい頃からうちの人や私の気持ちを察しているかように手のかからない子でした。赤ちゃんの頃も夜泣きすることもほとんどなく、夜はぐっすり寝かせてくれました。首が据わるのも、寝返りも言葉も早かったと思います。最初に言った言葉は「ママ」でした。うちの人の悔しがる顔が忘れられません。人見知りもしなかったので、親戚やご近所さん、みんなに抱かれ、かわいがられました。近所ではちょっとしたアイドルのようでした。幼稚園はカトリック系の幼稚園に三年間通いました。生活の中で厳しさも教えてくれる幼稚園のおかげで、随分お姉さんになりました。積極的に年少さんのお世話をするいわゆる優等生で、運動会ではリレーのアンカーを務め、学芸会ではマリアを演じる自慢の子でした。」

と、ここまで話したところで、後ろからあの子が近づいてくる気配がした。

「もう、あのクレープ屋ったら…。」

ブツブツ言っている文句がどんどん大きくなる。

「ママ、ちょっと聞いてー。」

「あら、どうしたの。」

「はい、これ。バナナチョコクリームの生クリームマシマシ。」

「ありがとう。でもマシマシじゃなかったの？」

「そう、そこが腹立つのよ。マシマシまでなら同じ料金でいいけど、マシマシマシはプラス五〇円とか言うの。」

「あらら、それでどうしたの？」

「マシマシにしたわよ。お母さんのだけ。」

「華のは？」

「わたしはいいよ。マシマシマシにすると、ムカムカしそうだもん。」

「華は何にしたの？」

「わたしはイチゴチョコクリーム。でもこっちの方がちょっと高かった。」

母親とはよく話す子だとこのとき初めて気付いた。声も、マスクを取った顔も。並んでクレープを食べる母娘を見ていると、普段見せる頑なな態度や不登校など想像がつかないほど、ほのぼのと柔らかい空気感が漂っている。

この子の中で、何が起こっているのだろう。この子のまわりで、何が起こったのだろう。

交換したり、ワイワイ話しながらクレープを食べた母娘は、賑やかなままロビーチェアを後にした。その間、わたしと母親は口をきくことはおろか、目を合わすこともせずに知らない者同士を演じた。申し合わせたわけではないが、この子の抱える闇の深さを前に、唯一とも呼べる母親を信頼でつないでおくためには、そうすることしかないことは想像できた。長くなる予感とどっぷりはまりそうな予感が頭の中をぐるぐる回る。

「澪さんかぁ。」

上品な外見と困っている表情が不協和音となって、わたしの心を動揺させた。恋愛感情と呼べるものではない、と必死で打ち消す時点で、淡い思いが生まれてきている証拠だ。この先、わたしは冷静に話を聞くことができるだろうか。

次に会う約束もせぬまま別れたが、すぐにまた会えるという根拠なき自信が心を占めている。近いうちに、彼女はわたしに会いに来る。

翌日

その日は、思っていたよりも早くやってきた。朝からどんよりとした曇り空。九州・沖縄地方を襲った台風が北東に進路を変え、近づいている。いつ降り出してもおかしくはない空模様に、傘を持ってこなかったことを後悔した。

午前中、華ちゃんは来なかった。今日は午後からかな、と勝手に決め込んで書架の整理をしていると、入り口からわたしに向かってまっすぐ歩いてくる女性に気づいた。

澪さんだ。華ちゃんの母親である斎木澪さん。一点を見つめ、背筋を伸ばし、颯爽と歩く姿は凜として美しく、娘の機嫌を伺っていた昨日とは別人のようだ。きっとこれが本来の姿なんだ。白のブラウスに丈の短い薄いピンク色のカーディガンを羽織り、昨日とは違う紺系に大きな花柄が印象的な膝上丈のスカートという出で立ち。髪の毛はきれいに下ろされ、歩くリズムに合わせて左右に揺れている。昨日とくらべるとお化粧もしっかりしているように感じられる。

一〇メートルほど手前で目が合い、互いに軽く会釈した。さらに近づき二メートルほどのところで澪さんから声をかけてきた。

「おはようございます。あら、こんにちはかしら。」

「ええ、まぁ、どうも。」

ダサい。だいだいこういうシチュエーションに全く慣れていない。そんなわたしの気持ちを知ってか知らずか、澪さんは続ける。

「昨日はありがとうございました。少しですけど話せてよかったです。それと、華に悟られないように知らない振りをしていただいてありがとうございました。あの様子からこの人は信頼できると思いました。」

「いえ、そんなことは…。」

「お仕事中ですね。ごめんなさい。でも、少しでも早く続きを聞いていただきたくて…。」

「そうですね。わたしも気になっていました。今、一一時三〇分ですから、あと一五分でお昼休みに入ります。お昼休みならお話しできると思います。」

「わかりました。どこかで時間を潰しますね。どこでお話しできるでしょうか。また、ロビーの椅子ですか？」

「昼休憩中とはいえ、職場の真ん前というわけにはいかないので、駅横のスーパー二階のフードコートはどうでしょう。」

「わかりました。いい席を確保してお待ちします。それでは後ほど。」

「あっ、はい。よろしくお願いします。」

やっぱりダサい。こういう会話は苦手だ。特に正面に立ち、顔と顔をつきあわせ話すのは親でも緊張する。一対一で話すなら、斜めの位置か横並びがいい。澪さんが言っていた『いい席』が、向かい合わせの席でなければよいのだが…。できれば外が見える窓際のカウンター席がありがたい…。などと考えながら書架の整理をしていたら、あっという間に時間になってしまった。

慌ててワゴンをしまい、カウンターの山本さんに声をかける。

「荷物を取りに行かせていただきます。」

「お疲れ様です。」

これがお昼休みに入る時の合い言葉。「来客対応に行ってまいります。」はお手洗い。「書庫に行ってきます。」は急用になっている。お客様に不快な思いをさせないようにと、老舗デパートを参考に作ったそうだ。他にも館内放送の隠語なんかもあって、おもしろい。

急いでロッカーに向かい、ネームプレートを外し、デイパックを取り出す。ロッカーの扉の内側にある鏡で自分の顔を確認したが、さえない三〇代の男が映るだけだった。当たり前だ。何も変わっていない。正面玄関ではなく、職員通用口からロビーに出た。急ぎ足でロビーを突っ切り、正面玄関から駅に向かった。いつもならそのまま駅構内に入るが、今日は駅の玄関前を通り抜け、駅横の大型スーパーに向かう。まだ雨はこぼれてないが、どんよりとした雲が朝よりも低く立ちこめていた。傘を持ってくればよかった。また後悔した。

平日とはいえ昼時のスーパーは混んでいた。中央入り口から入ったわたしは、一目散にフロア中央のエスカレーターに向かう。左側にきれいに一列に並ぶ実直な日本人の右側を我先にと駆け上がった。

フードコートは二階フロアの奥半分を占めている。二〇〇人くらいが一度に座れる座席が、ほぼ埋め尽くされていた。もう少し落ち着ける場所にすればよかった。今日は後悔ばかりだ。

どこにいるのだろう。とキョロキョロしていると、一番奥の窓際で大きく手を振る澪さんの姿が見えた。満面の笑みを浮かべながら手を振る澪さんに戸惑いながらも、まんざらでもない顔で近づく自分が恥ずかしく、下を向いたまま歩いて行った。この人は、今から不登校の娘のことについてわたしに話すのだ。わたしはそれを聴くためにここに来た。それ以上でも以下でもない。

「お待たせしました。」

「いいえ、全然。わたしも着いたばかりですから。」

「一時には戻らなくてはならないので…。」

「では一二時四五分までということで…。何か召し上がりますか？」

「いえ、お弁当があるので…。」

「そうですか。でも、席だけ借りるのも申し訳ないので、コーヒーでもいただきましょう。コーヒーでいいですか？」

ここはかっこよくブラックコーヒーと言いたいところだが、ここのコーヒーを飲んで偏頭痛になった苦い思い出がある。水筒には熱いお茶がはいっているし…。

「コーヒーではなくて…。」

「わかりました。何か甘い飲み物を買ってきますね。」

いたずらな顔でそう言うと、澪さんはエスカレーター横のコーヒー専門店に向かった。

お弁当は一応食べた方がいいだろう、とデイパックから弁当と水筒をカウンターに出した。使い古した曲げわっぱの弁当箱が千鳥模様の小風呂敷にくるまれている。いつもならなんとも思わない母のお弁当が、この日は少し恥ずかしかった。ごめんなさい。お母さん。

窓の外を見ると、傘の花が開き始めていた。これからさらに激しくなる予感。濡れる覚悟はできていた。

「お待たせしました。」

お店の人に寄せたような甲高い声でそう言いながら澪さんが左横に座った。

「何だと思います？」

「…何でしょう。」

「コーヒーは苦手なようなので、抹茶ラテにしました。ついでにわたしも。」

「おいくらですか。」

「いただけませんわ。わたしの用で来ていただいたのですから。それより、カップの中をご覧ください。」

言われるままにカップをのぞき込むと、空気をたっぷり含んだフォームドミルクが…。

「かわいいでしょ、このラテアート。」

中央がチューリップの花になっていて、そのまわりは幾重にも葉が広がる。花の上にはハートが。これは何を意味しているのだろう。いやいや、何も意味していない。

わたしは何を考えているんだ。何を期待しているんだ。

「あら、かわいいお弁当ですね。どうぞ食べながら聞いてください。どこまで話したかしら。」

「幼稚園では優等生だったというところでしょうか。」

「そうそう、優等生というより、いわゆるいい子ちゃんね。大人の顔色をうかがいながら大人の望む自分を作っていた感じ。でも、それが嫌みじゃないっていうか、かわいかったんです。もう、わが家のエンジェルでした。小学校に上がるとき、東京の私立小学校へのお受験も考えました。しかし、うちの人の仕事の関係で、どうしても引っ越すことはできなかったので、なくなく地元の公立小学校に入学しました。」

「優秀なんですね。」

「そんなんじゃないですけど、この子には合っているかなぁと思ったんです。」

「小学校はどうでしたか？」

「一、二年の頃は、幼稚園のときと同じようにいわゆるいい子を演じていました。それが三年生になって、クラス替えがあり、担任の先生が女の先生から男のおじさん先生なったあたりから、体調が悪くなることが多くなりました。」

「何か具体的なエピソードとかありましたか？」

「たとえば、四月の学級の係決めのとき、華は、友だちに推薦され、本人もその期待に応えたいと学級委員に決まりました。その後も次々に委員や係が決まる中、飼育係だけが決まらなかったそうです。そこで華は、『わたしがやってもいいです。』と声を上げたそうです。すると担任は、『何を言っているんだ、キミは学級委員に決まっているじゃないか。それともそもそも学級委員を引き受けた気持ちもそれくらいの軽い気持ちだったのか。』とみんなの前で叱ったと言うんです。もちろん、先生は叱ると言うよりも諭すというか、考えなおすように促したのだとは思いますが、男の人の厳しい言い方に慣れていない華は、それっきりその日は顔を上げることはできなかったそうです。」

「それがトラウマになって…。」

「それもあると思います。一、二年生の頃は精勤賞をもらえるほどお休みの少ない子だったのに、その日を境に体調不良と訴えて休む日が増えました。」

お弁当を食べようと小風呂敷を解いたが、そんな雰囲気ではないと、再び風呂敷で包んでしまった。

「華ちゃんにとって、それは大きな出来事だったのでしょう。それからは変わってしまったのですね。」

「そうなんです。あんなにいい子ちゃんを頑張っていた華が、人前で話すことを嫌がり、内向的な子に変わってしまいました。」

「担任に相談はしたのですか。」

「もちろん、一週間と待たずに学校に行って話しました。しかし、全然取り合ってくれませんでした。『わたしは彼女に期待しているのでそういうことを伝えただけで、彼女の力からすると今回のことを乗り越えてさらに強いリーダーに育っていくのでご安心ください。』と、一方的に話し、忙しいので、と話を切り上げてしまいました。」

「そんな様子では華ちゃんはますます学校嫌いになっていったのではないですか。」

「そうなんです。結局学級委員も務まらないということで降り、飼育係になったのですが、それも満足にすることはできませんでした。」

「次の手を打たなければなりませんでしたね。」

「はい、仲のいいママ友に相談すると、それはもう校長か教育委員会に言わなきゃだめだよ、と言われ、まずは校長先生に相談をしようと学校に行きました。」

「会ってくれましたか?」

「約束では校長先生とお話しするはずだったのですが、対応したのは教頭でした。『申し訳ございません。本日、校長は急な用事ができまして、今、教育委員会の方へ出かけております。お母さんの話は教頭のわたしがしっかりと聞き、確実に校長に伝えますので、よろしくお願いします。』と、丁寧な、でもどこか冷たい対応でした。教頭はメモを取りながらわたしの話を聞いていました。相談に乗っているというよりは、記録を取っている風でした。そして最後に『担任からも聞いていましたが、お母さんの見解とは違うところもありました。どちらがどうということではありませんが、三年生のお子さんのことですから、記憶が気持ちによってゆがめられることもないとは限りません。いずれにしても、校長に報告し、今後の対応について協議してまいります。』って、上手く逃げられた感じしかしませんでした。結局、担任の指導は何も変わらず、校長や教頭から協議した結果が報告されることもありませんでした。」

「最高責任者を出して何かあれば大変なので、教頭に対応させてお茶を濁したというところでしょうか。」

「よかったことと言えば、帰り際に教頭がスクールカウンセラーに教育相談することもできると言われたので、その月から月一回はスクールカウンセラーさんと華の面談が行われるようになったことかしら。」

「華ちゃんはスクールカウンセラーさんにはいろいろ話せているのですか?」

「はい、カウンセラーさんが最初に、『ここで話すことは担任の先生や校長先生にも内緒にします。あなたが望むなら、おうちの人にも話しませんので、安心して話していいです。』と言ってくださったみたいで、それこそわたしにも言えないこともいろいろ話し、すっきりしてたみたいです。」

「それはにわかに信じがたいですねぇ。」

「どういうことですか？」

「スクールカウンセラーですよ。〝スクール〟の〝カウンセラー〟ですから。」

「えぇ？」

　澪さんの顔が一瞬曇った。窓の外の雨が激しくなってきた。開けることのない弁当は所在なげにデイパックに仕舞われるのを待ち、カップのラテアートはいつのまにか消えていた。

「そんな毎日が続いていたのですね。それが三学期のある日から学校に行かなくなった。いや行けなくなった。それは何かあったのですか。」

「それが、何もなかったのです。」

「何もなかった？」

「はい、原因やきっかけとなるような出来事は何もなかったんです。わたしも前の日に先生から何か言われたとか、友だちと何かあったの？　と何度も聞いたんですが、別に何もなかった、と言うんです。」

「何か隠しているような様子はありませんでしたか。」

「それはありません。というのは、その後も数回、オンラインでスクールカウンセラーのカウンセリングをしたのですが、カウンセラーさんにも同じように原因はなかった、と言っていたそうです。」

やはりスクールカウンセラーは情報を漏らしている。

「ではなんで?」

「華が言うには、学校に足が向かなくなった。学校に行こうとすると、体が固まると言うんです。」

これは簡単ではないと感じた。学校での出来事が起因していると思っていたが、華ちゃん自身の生い立ちというか、たぶん母子関係が複雑に影響しているかもしれない。この人ともっといっぱい話をしなければ。もちろん下心ではない。華ちゃんと澪さんが少しでも楽になれるように、わたしができることをしてあげたい、そう、それだけだ。澪さんがスマホの画面で時間を確認した。

「あら、もうこんな時間。わたしばかりお話ししてごめんさい。」

「いえ、そのつもりで来てますから。でも、まだ全然話せてないですよね。」

「そうなんです。」

フードコート正面に飾られた仕掛け大時計は一二時五〇分を指していた。急いで帰らなければ。でも、またいつ会えるかわからない。次の約束だけでもしておかなければ。

「ここにわたしの携帯番号が書いてあるのでショートメールを送ってください。その後で、ＬＩＮＥの友だちになるといいと思います。では、今日はこれで失礼します。あっ、ごちそうさまでした。」

　デイパックにお弁当と水筒を入れ、抹茶ラテの紙コップを持って席を立とうとすると…。

「これはわたしが一緒に…。」

　と、わたしの手から紙コップを取り上げた。

「あっ、じゃあ、お願いします。失礼します。」

　昼時の一番混み合うフードコートの中央をかき分けながら急いで歩き、中央のエスカレーターに向かった。エスカレーターに乗る前に振り向くと、澪さんが立ってこちらを見ていた。手を振る状況でもない。わたしはちょこんと頭を下げてエスカレーターに乗った。

　頭を冷やせと言うことか、玄関を出るとどしゃ降りの洗礼を受けた。わたしはデイパックを頭の上に載せ、駅前を通り抜け、合同庁舎の入り口まで走った。雨の中を走ったのは何年ぶりだろう。小学生や中学生の頃の記憶はある。学校の帰り、友だちのうちに遊びに行った帰り、塾の帰り…。全て帰りの記憶だ。行くときに雨が降っていたら当然傘を持って出る。予想していない雨に当たったとき、傘も差さずに走るので、雨の中を走った記憶はどこかの帰りに決まっている。そしてそのたび、わたしは考える。走って帰るのと、歩いて帰るでは、どちらが濡れないのだろう、と。その結論は今日も出なかった。頭のてっぺんだけは死守したものの、顔から上着にボタンダウンのシャツ、ズボン、靴や靴下までびしょ濡れの状態。わたしが歩いた後には、水たまりができるくらいだ。歩くたびに靴の中で濡れた靴下から水がはじける感覚と、ピチャピチャと音を立てながら歩く自分が、情けなくて笑ってしまった。何をやっているんだ。

ロッカーに着替えは用意していない。ましてや靴下や靴の替えなどあるはずもない。こんな状態で午後の仕事をすることはできない。一度家に帰って着替えてこようか。今から庁舎を出たとして、往復一時間以上はかかるので、戻ってくると三時近くになってしまう。どうしてスーパーを出るときに傘を買わなかったのだろう。頭を冷やせ、じゃないよ。ダサいを超えて、大馬鹿者だ。どこか浮かれていたのだろう。濡れた衣服がどんどん体温を奪っていく。もう今日は帰るしかない。

正面から図書館に戻り、カウンターの山本さんのところに向かう。

「どうしたの小袋くん、びしょ濡れよ。」

「雨に当たったっちゃって。」

「普通じゃありえないくらい濡れてるよ。」

「そうなんです。」

「風邪を引いちゃうよ。」

「今日はこのまま帰らせてもらおうと思います。」

「それがいいわ。係長にはわたしが言っておくから。早く帰りなさい。」

山本さんの口調が、だんだん息子をたしなめる母のようになっていた。同時にわたしも母親に諭される息子のようになっていたに違いない。しかも「だめだめ息子」。

「お先に失礼します。」

そう言うと、わたしは正面入り口に向かってまたピチャピチャと歩いた。フロアカーペットが敷き詰められている図書館の床にボクの足跡だけが残っている。もうそれを気にする余裕もなかった。

帰ろう。

今日の空はどこまでも意地悪だ。ロビーチェアを素通りし、合同庁舎の正面玄関から外に出ると、雨は上がり、太陽が顔を出してきた。日が差している中、びしょ濡れのわたし。そんなに悪いことをしたというのか。何の罰ゲームだ。ピチャピチャと足跡を付けながら、ゆっくりと駅に向かった。

するとわたしの横に真っ赤なスポーツカーが停まった。ハンドルが左に付いている。外車だ。わたしには縁のない高級車。運転席のパワーウインドがゆっくりと下がった。そこにいたのは澪さんだった。

「どうしたの、そんなかっこうで…。」

どうしたも何もあるもんか。

「あの後、こんなに濡れたの？」

黙って頷くしかない。

「午後の仕事はどうされたの？」

「もう帰ることにしました。仕事にならないので。」

「このままでは風邪を引いてしまいますわ。お送りするので乗ってください。」

「いえ、こんなに濡れているので…。」

「わたしのせいでもあるので、乗ってください。」

澪さんは車からおり、濡れたわたしの手を引く。

「だめですよ。きれいな車が汚れてしまいます。」

「そんなこと気になさらないで。とにかく乗ってください。」

後ろの車がイライラしているのがわかった。しかし、真っ赤な外車にクラクションを鳴らす勇気はないようだ。外見は大切だ。

これ以上のやりとりはお互い望んでいない。わたしが折れる形で後部座席に座った。

「とりあえず車を出しますね。駅の真ん前なので…。」

澪さんが運転する車は、音も立てずに走り出した。外から見るとスポーツカーだが、内装は重厚でシートは黒の革張り。後部座席の中央に幅広の肘置きがある。

「社長さんの車みたいですね。」

　思ったことを素直に口にした。

「社長の車ですから…。」

「ええ、澪さんって社長なんですか。」

「わたしじゃないわよ。うちの人がね。」

　そうなんだ。どうりでいつも品のいい身なりをしている。そのとき、ふと華ちゃんを思い出した。澪さんとは対照的に、いつも黒っぽいパーカーにマスク。フードは被ったまま。下もパンツスタイルで足を見せることはない。自分の周りにある全てを拒否しているかのようにビクビクしながら生きている。まるで捨て猫だ。わたしのように雨に濡れながら段ボール箱の中で丸まっている捨て猫。手を差し伸べられても、決して尻尾を振って寄ってくることはない。喉の奥を震わせ、爪を立てて威嚇してくる。ちっとも強くないのに、精一杯強がって…。目だけが鋭く光っている。強さよりもの悲しさが勝る眼光。

「ちょっと、聞いてました？」

　まずい、話しかけられていたようだ。

「えぇ？　いや、ちょっとぼーっとしてました。」

「もう、風邪引いたんじゃないでしょうね。とりあえずうちに行きますからね。」

「いいえ、そんなご迷惑でしょう。こんなびしょ濡れだし…。」

高級車の革のシートがわたしの尻の形に変色していく。この跡は消えるだろうか。消えなかったらどうしよう。

「うちで熱いシャワーを浴びてください。その間に急いで洗濯乾燥機を回しますから。」

そんな、悪いです、と思う気持ちと、何かを期待する気持ちが交差して、結局期待する気持ちが勝った。わたしは何をやっているんだろう。

「華ちゃんもいるんですか？　おうちに。」

「それが今日はいないの。あの子、学校へは行けないのに週に一度の絵画教室だけは絶対に休まないの。画家の先生とマンツーマンということもあってか、納得する作品ができるまで帰ってこないの。今日も多分夕方か夜になると思うわ。終わったら連絡が来て、わたしが迎えに行くの。」

なんと。恥ずかしさと後ろめたさ、期待のドキドキと寒気のぶるぶるが入り混じった複雑な心と体で車に揺られていた。

車は五分もしないで大きな邸宅の前に停まった。澪さんがキーを操ると、あら不思議、一階車庫の幅広シャッターがゆっくりと上がっていった。澪さんはそのまま頭から車を進め、静かに停めた。すると当然のことのようにシャッターは静かに閉まった。

「さあ。こちらからどうぞ。」

車のドアを開け、車庫の奥へと案内された。そこには小さな入り口があり、中に入るとすぐにエレベーターがあった。靴を履いたまま乗るのだろうか。戸惑うわたしの手をつかみ、

「そのままどうぞ。」

とエレベーターの中に一緒に入った。エレベーターといっても個人宅用なので広くはない。間口一メートル半、奥行きは一メートルくらいだろうか。表示上は五人乗りとあるが、二人か三人がいいところだろう。

今、そこに澪さんと二人っきり。しかも手を握られたまま。どうすればいいんだ。と、考える間もなく、エレベーターは二階に着き、扉が開いた。エレベーターを降りると、そこは玄関だった。

「どうぞ上がってください。」

「でも靴下も濡れてますから。」

「そうでしたわね。靴下はここで脱いでください。今タオルを持ってきますから。」

そう言うと、澪さんはハイヒールを脱ぎ、正面のドアの奥へ消えた。わたしは言われるままに靴を脱ぎ、靴下も脱いで玄関のフロアに立ち尽くした。袖口から水滴が

ゆっくりと落ちる。きれいに磨かれたフロアに雨か汗かわからない水滴が落ちる。しかし、その水滴がフロアに染み込むことはない。外部からの侵入者を拒むかのように、鏡のように磨かれたフロアはその水滴をそのまま浮かしておく。もしかしたら華ちゃんも同じように感じているのではないだろうか。根拠のない思いが寒気でボーッとする頭に浮かんだ。

「これで足を拭いてください。」

そういいながら澪さんが戻ってきた。

「ありがとうございます。」

ホテルで使うようなタオルだ。わたしの足を拭くのはもったいない、と思ったが、このまま水滴の水たまりを作り続けることの方が迷惑だと思い、言われるままに足を拭いた。

「さぁ、こちらにいらして。」

顔を上げて改めてまわりを見ると、玄関だけでもわたしの部屋よりも広い。

「さぁ、どうぞどうぞ。」

促されるままに正面のドアを抜けると、ホテルのロビーのような応接セットが中央に鎮座するリビングが広がっていた。リビングを横切るように右手に進むと広いアイランドキッチンと八人がけの食卓テーブル。さらに進んだ先にバスルームがあった。

いい香りがする上品な脱衣室に籐籠が置かれている。横の棚には、さっき足を拭いたホテルタオルが何枚も重ねて置かれている。わが家にあるペタッとしたタオルではない。ばねでも入っているのか、それともたたまれることを拒絶しているのか、窮屈そうなふかふかとそびえ立つタオルの丘。

「脱いだ服はこちらの籠の中に入れておいてくださいね。洗濯乾燥機に入れますから。お風呂は間に合わなかったので、熱いシャワーを浴びてくださ い。体が温まるまでどんどん浴びてちょうだい。」

今までの人生で、よその家でシャワーを浴びたことはない。しかも気になる女性の家だ。ちょっと待て、服を脱ぎ、ズボンを脱ぎ、いやパンツも脱ぐじゃないか。澪さんにパンツを見られる。汗と雨でぬれたわたしのパンツを。もしかしたらそれをつかんで洗濯機に入れるのでは。ダメだダメだ。そんなことをさせてはダメだ。

「あの～、脱いだら洗濯機に入れればいいのですよね。」

脱衣所の手前に洗濯機が置かれたランドリーを見つけていた。

「自分で入れておきます。」

「あら、遠慮なさらないで。そこに置いておいてください。」

待て待て。着てたものすべてを洗濯してしまうということは、わたしはシャワーを浴びたあと何を着るんだ。裸でいるわけにもいかないのは当然としても、バスタオル一丁というわけにもいかないだろう。澪さんのご主人の服というのも気が進まない。

「あの～、シャワーのあとは…。」

「あっ、これを着てちょうだい。」

澪さんから渡されたのは、同じホテルタオルの生地で作られた真っ白なガウンだった。いやいや、どこかのダンディーな俳優でもあるまいし…。と思ったが、このまま脱衣所でやりとりしていても仕方がない。

「わかりました。ありがとうございます。」

と言って受け取った。

「ごゆっくり。」

澪さんは、今まで見たことがないようないたずらな目をわたしに向けながら脱衣所の戸を閉めた。かわいい人だ。素直にそう思った。

全てを受け入れたわたしは、服を脱ぎ、ズボンを脱ぎ、パンツも脱いで裸になった。パンツを籐籠の下の方に滑り込ませ、バスルームに進んだ。

わたし一人が入るには大きすぎるバスルーム。わが家のユニットバスが恥ずかしくなる。広さは六畳くらいはあるだろうか。シャワーとカランが並び、二人がゆったり洗髪などができる。その奥にある石造りの浴槽は畳二枚分は優にある。足下も大理石か御影石か。とにかく格式ある温泉旅館の家族風呂といった風情を感じさせる。肝心のシャワーは、入ってすぐのところに電話ボックスほどの大きさのシャワーブースがあり、立ったままシャワーを浴びることができるようになっている。迷わずシャワーブースに入った。シャワーのレバーが上下に二つ並んでいる。一つはシャワー、もう一つは蛇口用と勝手に判断し、シャワーヘッドを手に持ち、上のレバーをひねった。と、頭上から冷たいシャワーが一気に降ってきた。

「うわっ。」

「上のシャワーは最初は冷たい水が出ますから気をつけて。って、遅かったかしら。」

脱衣所から澪さんの声が聞こえたときには、わたしは今日二度目のどしゃ降りにあっていた。シャワーブースの天井には、ひまわりの花のような大きなシャワーヘッドが備え付けられ、そこに立つわたしの冷えた体にまんべんなく冷水を浴びせた。頭を冷やせということか。しかし、冷たいその水も、すぐに熱いお湯に変わり、冷え切った体を温めてくれた。

「だ、大丈夫です。」

そう言ったわたしの声に、澪さんの返事はなかった。もうすでにわたしのパンツを洗濯機に入れに行ったのだろう。と想像してすぐにやめた。

体が温まるまで頭からシャワーを浴び続けた。何も考えまい、何も、と思えば思うほど浮かぶ澪さんの姿を洗い流すように、一分、二分…と頭からシャワーを浴び続けた。頭が少しボーッとしてくるのを感じ、シャワーを止めた。せっかくだから髪や体も洗おう、ときれいに三本並んでいるボトルに目をやる。見たこともないメーカーだが、高価な物だということだけはわかる。かろうじてシャンプーと判断できるボトルからシャンプーを手の平に出し、髪の毛を洗った。高級な香水を思わせる甘い花のような香り。わたしがこんな香りを漂わせながら家に帰ったら、母親は何なんと思うだろうか。いや、きっと気づかない。きっと。シャンプーを洗い流し、コンディショナーで髪の毛に栄養をしみ込ませながら、ボディーソープで体を泡だらけにした。自分の家では決して使わないであろうボディーソープを、自分の家では決して使わないであろう量を手に取り、全身に泡をつけた。優しい花の香りがするその泡は、優しく体を包んでいるように見えて、ちょっとやそっとジャンプしても落ちないような強さをもってわたしの体にしがみついていた。最後に全身を流そうと、上のレバーをひねった。といっても、また頭から水を浴びてはたまらない。体を右の壁に寄せ、中央奥に鎮座するレバーに手を伸ばした。いやいやこれではまた水を浴びてしまう。この家の住人は、どうやってこの水から身を守っているのだろうか。覚悟を決めて伸ばした右手でレバーをひねると、体の左側にシャワーが当たった。

「冷めたっ。」

と、とっさに声が出たが、一瞬の水のあと、追いかけるように熱い湯が流れ、全身の泡を流してくれた。全身の泡をくまなく流すために、手を上げたり、体をよじったり、足を上げたり…。このシャワーは果たして便利なのだろうか、そんなことを考えながら泡を洗い流した。

「ありがとうございました。いいお湯でした。」

脱衣所からリビングの方に向かって大きな声で言ってみたが、返事はなかった。その代わり洗濯乾燥機が勢いよく回る音が響いていた。やはりホテル仕様のバスタオルで全身を拭き、籐籠に用意されたまっ白なガウンに袖を通す。タオル地のガウンは火照った体にどこまでもやさしかった。腰のひもを前で結び、目の前の全身鏡に映してみた。大物俳優が着ていそうな立派なガウンの上に、貧相なわたしの顔がのっかっていた。下に目を移すと、さらに貧相な足がガウンから出ている。ガウンの丈は膝上までしかなく、いやが上にも足が見える。このガウンが似合う人は、世界に数人かしかいないのではないだろうか。その他大勢の民衆は、このガウンを着ることなく一生を終える気がする。それでもいい。いやそれがいいのかもしれない。

トントントン…。

ノックの音と同時に澪さんの声が聞こえた。

「あがりましたか？　ここを開けてもいいですか。」

「は、はい、どうぞ。」

と応えたものの、堂々と胸を張っていられる訳もなく、所在なさげにしているところに澪さんが入ってきた。

「あら、お似合いですこと。」

褒められたのだろうか。馬鹿にされたのだろうか。確信をもてぬままもじもじしていると、

「リビングに行きましょう。熱い紅茶を入れましたから。」

コーヒーでなく、日本茶でもなく、紅茶というところがこの家らしいと思った。

澪さんの後ろについてリビングに入り、応接セットの三人掛けソファに腰をかける。ティーポットとティーカップをのせた盆を持って澪さんが運んできた。盆は銀色に輝いていた。ティーセットもテレビの鑑定番組で見たようなヨーロッパの何とかという歴史ある陶器メーカーのものだろうか。この盆だって純銀製かなんかで、普通の洗剤では洗えない代物に違いない。澪さんは正面の一人掛けソファに浅く腰掛け、ティーカップに紅茶を注いでいる。わたしは澪さんの指先とゆっくりとカップに落ちていく紅茶を見つめていた。と、そのとき、視線の下端にわたしの膝小僧が映った。両の膝は拳二個分ほど離れている。ちょっと待て。わたしは裸の上にガウンだけをまとっている。ソファに座るときは、スカートを気にしながら腰掛ける女子のようにガウンの

裾を気にしながら膝を合わせて座った。しかし男子はそういう座り方には慣れていないのである。そう、わたしの興味が紅茶に移ると同時に、わたしの膝は鎖を解き放たれた子犬のように奔放に左右に離れていった。正面に座る澪さんに気付かれただろうか。わたしの両の膝の間の奥の方は、そこから果たして見えたのだろうか。電車の座席に座るミニスカートの女子の気持ちが少しわかったような気がした。だから何だと言うこともないが…。

再び両の膝に力を込め、さらにその頂を斜め左に向けた。この体勢を維持するのはなかなか大変だ。

「紅茶でよかったかしら。」

今さらという気もしないでもないが、

「はぁ。」

と、「はい」とも「いいえ」ともいえない返事をしてしまった。

「はい、どうぞ。」

澪さんは、ティーソーサーをわたしの方へ滑らせた。ソーサーの上には、輪切りのレモンが添えられていた。

「お砂糖は…。」

そう言われて「お願いします。」と言える人を尊敬する。わたしのような人間は、床屋のシャンプーの最中に「かゆいところありますか？」と聞かれても「いいえ、ありません。」としか応えられない輩なのだ。「左の耳の後ろの方が。」と正直に応えたり、「背中の真ん中の方がかゆいです。」と笑いにもっていったりする猛者には生まれ変わってもなれはしない。

「いりません。」

つまらない答えだ。

「よかったらこれ使ってください。」

澪さんは新しいバスタオルを手渡してくれた。これで膝小僧を隠せという意味だな。さすが女子だ。なんて気のきく人だろう。…ということは、見られたということか。わたしは膝小僧を開放し、バスタオルを広げ、そこにあてた。

「乾燥機が終わるまでまだ時間があるので、昼の続きを話していいかしら。」

「もちろんです。お願いします。」

「どこからお話しすればいいかしら。学校に行けなくなったあたりからでしたね。」

「もう少し掘り下げたいと思いました。もし、いやでなかったら、お母さんが子どもの頃の話を聞かせてもらえますか。」

「わたしの？　それが澪の不登校と関係がありますの？　わたしのことをもっと知りたいというのならお断りしますよ。」

そういいながら、いたずらな目でこちらを覗き込んできたが、わたしの真剣な態度に冗談や単なる興味ではないことを理解してくれたようだ。目の前にいる裸にガウンを羽織っただけの三〇代の男を相手に、澪さんは自分の生い立ちと、避けては通れない母親との関係を話した。

澪さんのこと

「どこから話せばいいでしょう。一〇年前に亡くなった父は、台風でも乱れない七三分けが似合うまじめな人でした。仕事はお堅い銀行員。収入はそこそこありましたが、休日出勤は当たり前、接待ゴルフや夜の会食も誘われれば「はい」か「イエス」しか許されない典型的な会社人間でした。結婚当初は母も仕事をしていたようですが、子どもを授かった時点で仕事はやめたそうです。きっと、そういう時代だったのだと思います。女は寿退社か授かり退社が幸せと錯覚していた時代の話です。今考えれば、そんな仕事人間と専業主婦という夫婦関係は、歪なものだったのかもしれません。母が父をよく言うことはありませんでした。それは病気で入院しても、亡くなってからも同じでした。ですから、わたしも父とは距離を取っていたように思います。いつもそばにいる母によく思われたい気持ちが自然とそう思わせていたのかもしれません。七〇を超えた母は、ここから一時間ほどの隣町に、今も一人で暮らしています。わたしが子どもの頃とは違い、華に対しては温和でやさしいおばあちゃんです。」

華に対しては、と言ったところが気になったので、

「澪さんにとってはどんなお母さんだったのですか。」

とあえて聞いた。

「わたしも華と同じように、お勉強もある程度できたと思うし、友だちも多く、クラスの中心にいるような活発な子でした。テストで一〇〇点を取ると母が喜ぶ、学級委員になると母が喜ぶ、運動会や学芸会でも母が喜ぶ姿を思い、常に一番を目指していたように思います。」

「それは本心ではなかったのですか。」

「幼稚園や低学年の頃はそれが楽しかったのだと思います。母が喜んでくれるのなら頑張ることができる。頑張ればまた母が褒めてくれる。しかし、三年生くらいになると自分でも気づき始めるのです。母の期待に応えようと頑張っている自分は、本当の自分なのだろうか、と。」

「気づいちゃったんですね。大きな成長です。」

「そうですねぇ、成長だったんですね。でもその頃は成長と考えることができず、随

分悩みました。」

「つらかったですね。」

「母はすぐにわたしの変化に気づき、厳しく接するようになりました。テストで八〇点取ったとしても、間違えた二〇点を責められました。九〇点取っても九五点取っても、どうしてこんな間違いをするの、とできなかった一〇点、五点のことばかり。母に褒められたい、認められたいと思って頑張ってきたのに、頑張っても頑張っても母からは褒められない。そんな毎日でした。」

「反抗した。」

「いいえ、母は絶対権力者でしたから。あぁ、一度だけ反抗というか、抵抗したことがありました。確か三年生だったと思います。わたしは五歳のときからピアノを習っていて、学芸会などで活躍することが母の自慢でした。レッスンは週に一回、土曜日にピアノの先生の家での個人レッスンを一時間半していました。幼稚園や低学年の頃は、ちょっと弾けるようになると褒められ、ドレスを着ることができるピアノ発表会は大好きでした。しかし、学年が上がるにつれて課題も難しくなり、三年生頃になると苦痛になっていました。土曜日に出された課題を一週間練習して次の土曜日にみてもらうのですが、学校の宿題や塾の勉強、さらにプールにも通っていたので、ピアノだけに時間をかけることができなくなっていたのです。それでも何とか頑張って毎日ピアノの練習を続けたのですが、どんどん難しくなっていく課題に、練習中に指がつるようになってしまいました。小学三年生がピアノの練習で指がつるって聞いたことありますか。母をよろこばせるために、大きくなったらピアニストになる、と言っていた子が、大きくなってもピアニストにだけは絶対にならない、と心に決めるまでになっていました。そんな気持ちで練習に身が入るわけありません。毎日ピアノの前には座りますが、練習は進まず、先生に言われたところまで仕上がらずに土曜日を迎えることもありました。『今週のレッスンは休みたい。』わたしは正直に母に伝えました。『どうしたの、あんなに練習してたじゃない。』と言う母に『指がつって間に合わなかった。』と正直に言うと、『そんな言い訳聞きません。とにかくレッスンの時間まで練習しなさい。』と取り合ってくれませんでした。」

「遊びたいとか、さぼりたいという気持ちはなかったのですか。」

「今思えばそれもあったと思います。勉強でも習い事でも、常にトップであり続けることが、母の期待に応えることであり、母に褒められ、認められる自分が大好きで、そうありたいと思い続けていましたから。でも一方では期待に応えられない自分は母に必要とされないのではないかという不安もあって、自分で自分がわからなくなっていたのだと思います。」

「結局その週のレッスンは…。」

「休みました。母の言うとおり寝ないで練習したんですけど、熱を出しちゃって…。」

「それは休んで正解です。」

「それが最初だったかもしれません。その頃から母との関係も変わりました。というか、母に対するわたしの考え方が変わったと言う方が正しいかもしれません。」

テーブルの上で両手を重ね、左手の親指をじっと見つめながら話していた澪さんの目線が、同じように澪さんの右手の小指を見つめていたわたしの目の位置まで上がった。慌てて目線を外すわたしを尻目に、キリッとした目力を投げかける澪さんにガウンをまとったわたしは圧倒された。

「この人はわたしのことを愛していないのではないか。愛しているのはこの人が思うようになってくれる娘のことで、それができないわたしのことは憎むのではないか。と漠然と思うようになりました。」

母からこの人に変わった。母娘の微妙な距離感の変化に戸惑いを隠せなかった。澪さんは今、自分と母親との関係を清算している。思い出したくない過去を丁寧に思い出しながら、子どもだった自分と向き合い、対話しながらわたしに話している。実はここにわたしは必要ないかもしれない。しかし、わたしに話すという行為を通して、いや必ずしもわたしでなくてもよい誰かに話すという行為を通して、自分の過去と対峙し、そのあとに続く自分と娘との関係に立ち向かう準備している。

澪さんの目線が再び下がり、そして目を閉じた。

カチ、カチ、カチ…。

重厚な木製キャビネットに置かれたアンティークな置き時計の音だけが響いた。十数秒、いや三〇秒くらいたったろうか。澪さんの目がゆっくり開き、わたしの目をしっかり見つめた。

「今、はっきりとわかりました。あの人はわたしのことなんか、ちっとも愛していなかったんです。あの人が愛したのは、一〇〇点を取って、ピアノが上手くて、学級の中心にいて先生やまわりから褒められ、うらやましがられる娘で、八〇点しか取れず、ピアノの練習もできなくなり、まわりからちやほやされないわたしのことは好きではなかったのですね。でも、一〇〇点を取るわたしも八〇点のわたしもわたしです。わたしに変わりないのです。」

まっすぐにわたしを見つめていた澪さんの目からひとしずくの涙が流れた。

「それが今のわたしだったのですね。」

「そうかもしれませんね。」

「そんな関係になっても、わたしは母を慕い、母の期待に応えようと頑張りました。いや頑張っているように見せました。できない、さぼりたいという本当の自分を封印し、母の期待に応えている自分を演じ続けました。しかし、身の入らない努力が実を結ぶことはなく、母の期待した娘にはなれずに今日までできた気がします。」

「社会的にみれば成功者なんじゃないですか。」

「たまたま夫の事業が上手くいって、今、経済的には恵まれた生活をしているに過ぎません。経済的に豊かでも、娘の華が学校に行くことができない今のわが家は、幸せな家庭とは言えません。」

「澪さんはできない、さぼりたい自分を必死で抑えながら今日まできたのですね。それは長く、つらい毎日だったと思います。しかもそのことをお母さんと話したことはないのでは？」

「もちろん。今さらそんなことを言えるわけがありません。」

「清算できてないということですね。」

「清算？」

「表現はよくないかもしれませんが清算、つまりゆがんだ関係を整理して決着をつける作業をしてこなかったということです。」

「今さら老いた母に伝えても…。」

「お母さんと話し合わなくても清算はできます。」

「どうやって？」

「澪さんはたぶん、自分がお母さんにされてきたことを、したくはないとわかっていながらも華ちゃんにしてきたのではないでしょうか。それが、二年生までの華ちゃんであり、華ちゃんは澪さんにとって自慢の娘になっていた。しかし、澪さんがそうだったように華ちゃんも気づいたのでしょう。それは三年生の担任との出会いも影響を与えたかもしれません。」

「でもわたしは学校を休むことはありませんでしたが、華は学校を休むようになった。」

「そうです。そこが違うのです。澪さんは、お母さんに愛されていないことに気づきながらも、お母さんとの関係を保とうと自分の気持ちを抑えながら今日までできたのです。それはつらかったと思います。しかし、華ちゃんは決着を付けようと動いたのかもしれません。」

「決着?」

どうもわたしの表現はストレートすぎるようだ。できるだけ刺激しないような言葉を選んでいるつもりだけれど、語彙数とやさしさが足りない。

「澪さんは愛されたいけど愛されていない自分を封印し、自分さえ我慢すればいいんだという道を選んだ。それはそれで誰も責めることはできないし、当時の状況からすれば最適解だったと思います。しかし、時代は変わったのです。」

「華の不登校はわたしのせいだと。」

「不登校の原因かどうかはわかりません。しかし、華ちゃんは彼女なりの決着を試みているのだと思います。」

「華なりの決着…。」

「学校に行かなくなり出した頃の華ちゃんの様子はどんな感じでしたか？」

「はじめはとにかくお腹が痛い、頭が痛い、気分が悪い、と体の不調を訴えてました。わたしは心配して病院に連れて行ったのですが、病院に行く頃にはもう治っていることがほとんどでした。最初は仮病も疑いましたが、どうやら本当に痛くなるみたいで、でもお昼くらいには痛くなくなっているのです。」

「それは不登校の典型的な症状です。そんな華ちゃんにお母さんはどう関わったのですか。」

　澪さんからお母さんに呼び方がかわったことを澪さんは気づいていなかった。

「担任の先生ともいろいろと話して、無理矢理学校に行かせるような言い方はしないようにしました。休むのも、学校に行くのも自分で決めるように話し、その決定をわたしも支持しました。」

「それは正しい対応だと思います。」

「でもねぇ、やっぱりいらいらしてたのだと思います。朝もなかなか起きてこない華を学校に通っているときと同じ時間に起こし、同じ時間に朝食を取らせていました。

そんなときにわたしの口から出る言葉は、『早く起きなさい。』『早く食べなさい。』『テレビを消しなさい。』…と叱ることばかり。『学校に行きなさい。』とは言わないように頑張っていましたが、他の生活についてはいろいろ言ってました。」

「華ちゃんの反応はどうでしたか。」

「全然言うことをきかないんです。それどころか、わたしが厳しく言えば言うほど従わなくなり、しまいには赤ちゃん返りでもしたかのように何もしなくなりました。」

「どういうことですか。」

「目の前に落ちている靴下すら自分では拾わなくなったのです。『ママ拾って。』と言ってわたしに拾わせようとする。さすがにわたしも頭にきて『自分で拾いなさい。』と厳しく言い放ったのです。しかし、それを聞いても『ママ拾って。』を繰り返す華に、最後にはこちらが根負けして拾って履かせてあげました。他にも、『手をつないで。』『一緒にお風呂入って。』『耳そうじして。』となんだか幼稚園児かそれ以前に戻ったよう。最初は叱ったり、断ったりしていたわたしも、叱るよりやってあげた方が早いと感じるようになり、『はいはい、華ちゃんは赤ちゃんですものねぇ。』といいながらしてあげるようになっていました。」

「結構楽しかったのでは…。」

「そうですねぇ、学校に行っていないという後ろめたさを除けば、かわいいわが子と夢のような時間をもらっていたのかもしれません。あの頃はそうは思えませんでしたけどね。」

「今もそうですか。」

「いいえ、今は違います。先日図書館前のロビーでの会話を聞いたでしょう。なんか最近は友だちみたいに対等な口をきいてきたり、時にはわたしの上に立ったように生意気なことを言ったりもするのです。」

「お母さんの気持ちが伝わったのだと思います。」

「どういうことですか。」

「赤ちゃん返りは、お母さんの愛情を確認していたのだと思います。無意識でしょうけど。

　同じようなことがあったとき、澪さんは自分のお母さんに何も言えなかった。何も行動することができなかった。それに対して、華ちゃんは学校に行かないという行動に出た。そしてお母さんに対しては赤ちゃん返りをしたかのように『あれして。』『これして。』とわがままを言った。そこで澪さんが拒絶してしまったら、華ちゃんを救うことはできなかったかもしれません。」

「ええ?」

「赤ちゃん返りは、お母さんが自分のことを愛してくれているかどうかの確認作業だったのではないでしょうか。『靴下拾って。』から始まって『手をつないで。』『一緒にお風呂入って。』…たぶん要求は小さかった自分にどんどん戻っていったと思います。そうして、お母さんの期待に応えようと本当の気持ちを隠すようになった、たぶん幼稚園の頃の自分まで戻ったでしょう。」

「そうかもしれません。」

「その頃からの母娘関係をやり直していたのですね。ママの期待通りに頑張る自分ではなく、甘えん坊でダメダメの自分。そんな自分でもママは愛してくれるだろうか、と。」

「当たり前じゃないの。わが子を愛さない母親なんているわけないでしょう。」

「そうですよね。でも、華ちゃんはそれを確かめたかったのです。確かめて前に進みたかったのです。…澪さんは？」

「ええ？　わたし…。」

「澪さんは、自分のお母さんの愛を確かめていないのでは…。」

澪さんの表情が明らかに曇った。下を向き、唇をかみ、震えているように見えた。

「わたしは母との関係を修復することなくこんな歳まで来てしまったのですね。」

「自分を表現することを潔しとする時代ではなかったのです。」

「しかし華は自ら行動し、愛を確認し、関係を修復しようとした。娘に教えられたということですね。」

沈黙がリビングを支配した。不思議なことに時計の音すら消えていた。

一〇秒、二〇秒、三〇秒…。そして静かに切り出した。

「これからのことですが…。」

すかさず澪さんが、

「わたしも動いてみます。華に負けてはいられません。まず、どんな華もありのまま受け止め、愛し続けることを行動で示します。学校に行かない華も、朝なかなか起きられない華も、生意気言う華も、赤ちゃんのような華も全部大好き、と言ってハグしてあげます。」

と一気に話した。

「いいですねぇ。わたしもしてほしいくらいです。」

と言って裸にガウン姿ということを思い出し、顔を赤くした。

「もう一つ、しなきゃならないことができてしまったわね。」

「澪さんとお母さんの関係ですね。」

「こっちの方が大変だと思うけど、しっかりとぶつからないとね。もう遅いかもしれないけど…。」

「遅いなんてことはありません。華ちゃんが少しずつ甘えていったように、澪さんもお母さんに甘えたかった子どもの頃の気持ちをぶつけてください。『本当は勉強はしたくなかったの。』『ピアノもつらかったの。』『お母さんにもっと褒めてほしかった。』『お母さんに認めてもらいたかった。』と。できるわたしでなく、ダメダメのわたしも愛してるって言ってほしかった、と。本当のわたしを受け止めてほしい。それは今も変わらない、と。」

「言えますかねぇ。」

「言えますよ。華ちゃんが手本を見せてくれたんですから。」

「頑張れそうな気がします。」

そう言って澪さんは立ち上がり、わたしを見つめた。わたしも立ち上がり、がっちりと握手をと思ったが、思いとどまった。いい話し合いができたと思うが、シチュエーションが悪すぎる。ロビーチェアに座りながら互いの顔ではなく前を向き、ぼそぼそながら本質に迫る会話をしているときであれば、こんなわたしでも様になるが、立派な邸宅のリビングルームで裸にガウン姿でソファに腰掛けている今の姿は、滑稽以外の何物でもない。

ピーッ、ピーッ、ピーッ。

脱衣所の方から電子音が聞こえた。助かった。

「乾燥機が終わったようです。」

そう言うと澪さんは脱衣所に向かった。「よかった」と一瞬思って、後悔した。そこにはわたしのパンツも入っている。一度ならず二度までも澪さんにわたしごときのパンツをさわらせるなんてことはできない。

「わたしが取り出しますから。」

そう叫びながら澪さんの後を追った。

「パンツもあるので…。」

と言ったわたしに向かって振り向いた澪さんの手には、わたしのパンツがあった。

「パンツがどうかされましたか。」

「いや、その…なんか申し訳なくて。」

「お気になさらないで。それにしてもかわいいパンツですこと。」

澪さんはいたずらな目でそう言うと、わたしのパンツを両手でつまみ、広げて見せた。赤と黒のストライプが縦に入っているボクサーパンツ。派手でもなければ意外性もない。わたしくらいの男性が身に着けるであろうパンツを、澪さんは照れも驚きもなく手に取り、笑った。

澪さんは、ドラム式の洗濯乾燥機からわたしの衣服を一枚一枚取り出し、広げて乾き具合を確かめてから手早くたたみ、籐籠に入れた。

「しっかり乾いています。どうぞ着替えてください。」

正面の壁半分を占めている大鏡に映るわたし。立派なタオル地のガウンの下から軟弱は二本の足が見える。まるで鶏である。ついでに洗ったままだった髪の毛が勝手に逆立ち、鶏冠のように見える。

わたしは、こんな格好で深刻な話を聞いていたのか。澪さんは、こんな格好の男に、真剣に相談を持ちかけていたのか。そんな状況がおかしくなり、クスッと笑った。

「あら、何かおかしなことでも。」

「いや、別に何でもありません。」

「それではこちらで着替えてください。わたしはリビングで待っていますから。」

ガウンを脱ぎ、自分の服に着替えた。雨に濡れ、あんなに冷たく重かった服やズボンが、素敵な香りを纏ってわたしを包んだ。澪さんの家の匂いだ。それだけでなんだか幸せな気持ちになるわたしがいた。ガウンはきれいにたたむことができなかったので、袖を内側に折り、くるくると丸めて籐籠に入れた。

「ありがとうございました。」

そう言いながらリビングにもどったタイミングで、澪さんの携帯電話からマリンバのリズムが聞こえた。

「あら、華かしら。」

慌ててスマホを取ると、向こうを向いて話し始めた。どうやら絵画教室が終わったようだ。

「華からの電話で、絵画教室が終わったようなのでこれから迎えに行きます。ちょうどよかったわ、車でお送りしますわ。お宅はどちらですか。」

「家は遠いので、駅までお願いします。このまま外に出ても方向がわからないので。」

「それでは最初に来た駅までお送りします。華の絵画教室は駅のすぐそばですので。」

わたしはすぐに玄関に向かった。靴を履こうと土間に置かれた自分の靴を見て唖然とした。すぐ後ろを来た澪さんも立ちすくんだ。

「ごめんなさい。靴を洗うのを忘れてましたわ。このまま履いたらまたびしょ濡れになってしまいます。」

「どうしましょう。」

澪さんは大型のシューズクローゼットを探している。

「主人がまだ履いていない靴があったと思うんですけど。」

「スリッパかなんかで大丈夫です。」

「電車に乗るのにスリッパはないでしょう。」

「駅前のショッピングセンターで安い靴を買ってもいいので…。」

というか、この濡れたスニーカーでもかまわないと思っていた。ここに来るまでは普通に履いていたのだから。

「華ちゃんを待たせるといけないから急ぎましょう。」

「これを履いてください。主人の夏用のサンダルです。ほぼ新品ですから大丈夫です。」

何が大丈夫なのかはわからなかったが、聞くのも野暮な感じがしたので、言われるままにサンダルに足を入れた。その黒のサンダルは、本革を何層にも重ねたような靴底、アーチ状の上部には赤と白のラインと見たことのないブランドのロゴマークが押されていた。きっと高いだろうと思いながら玄関ドアに向かった。

「この靴もお持ちになって。」

そうだ、濡れたスニーカーを持って帰らねば。

「この袋に入れてちょうだい。」

サンダルと同じロゴマークがまぶしいビニール袋を手渡され、わたしの濡れたスニーカーを入れた。濡れたスニーカーは、ホテル仕様のタオル地のガウンに包まれた裸のわたしのように場違いで、所在なげに映った。

そんな状況のため、帰りの車の中でのわたしは、借りてきた猫よろしく、小さくなっていた。来たときと同じ後部座席の左側に座ったが、皮のシートがまだ濡れていたのに気付き、華ちゃんが座って濡れたら大変、と洗ってもらった自分のズボンで懸命に吸い取っていた。前後左右にお尻を動かすわたしをよそに、澪さんの世間話は続いたが、わたしの耳には全く届かなかった。

「聞いてます？」

「あっ、いや、シートがちょっと濡れていたもんで。」

「それならこれを使ってください。」

澪さんは助手席に置いてあったタオルを後ろを向かずに手渡した。

「ありがとうございます。」

このタオルを使うまでもなく、わたしのズボンに十分吸い込ませていたが、せっかくなので腰を浮かせ、タオルを尻の下に滑り込ませた。これで大丈夫。きっと華ちゃんには気づかれない。

「華ちゃんはどこに座るんですか？」

「いつも助手席よ。」

取り越し苦労に胸をなで下ろしていると、あっという間に駅付近についた。

「ここでいいかしら。」

そう言うと、澪さんは昼に待ち合わせたショッピングセンターの前で車を止めた。

「ありがとうございます。このサンダルはいつ返せばいいでしょうか。」

「いつでもかまいません。普段使っているものではありませんから。また近いうちに、あのロビーに伺いますね。そのときにでも。」

帰宅ラッシュの時間と重なり、駅前の車通りは激しく、運転手たちはイライラをつのらせていた。これは早く降りた方がいい。慌ただしく車を降りたわたしは、シャワーや洗濯の礼もそこそこに、澪さんの車から離れた。同じ雰囲気を感じていた澪さんも、わたしが降りてドアを閉めるなり、ウインカーを上げて車を走らせた。

駅前を抜け、合同庁舎の前を通ってバス通りに抜けていく真っ赤なスポーツカーのテールランプを見送りながら、一歩も動けずに立ち尽くすわたしがいた。長い一日だった。生まれてこの方こんな経験をしたことはない。頭の中がぐるぐる回る。わたしは何を聞き、何を話したのだろうか。少しは澪さんの役に立ったのだろうか。そしてそれが華ちゃんのためになってくれるだろうか。あの邸宅のリビングでの数時間が、夢とも現実ともつかずにぼやけていく。と同時に、髪の毛や体に漂う甘い花のようなシャンプーやボディーソープの香り、衣服から漂う明らかに高級そうな柔軟剤の香りが、わたしを現実に揺り戻す。

駅へと向かう人の流れの中で、立ちすくむ人間は邪魔者以外の何者でもない。わたしの体に肩やカバンが容赦なくぶつかる。何人かにぶつかられてようやく我に返った。帰ろう。

人の流れに身を任せるようにようやく歩き始めたわたしは、いつもの駅にいつもとは反対の入り口から滑り込んだ。

次の土曜日

　期待を裏切るように澪さんはなかなか姿を見せなかった。定休日の月曜日を除いて、日曜日、火曜日、水曜日、木曜日、金曜日、澪さんは来てくれなかった。わたしはというと、貸していただいたサンダルをきれいに拭き取り、いつでも渡せるように自分のロッカーにしまっていた。その間も、火曜日から金曜日まで華ちゃんは図書館に来ていた。いつものように、午前中なら昼まで、午後から来たときは三時か四時くらいまで。わたしと顔を合わせても、今までと変わった様子は見られない。今まで通り、ほぼ無視されていた。変わったのはわたしの方。いろんなことがわかればわかるほど、華ちゃんを見る目が変わり、一挙手一投足が気になるようになっていた。しかも後ろに澪さんの影が見え隠れするものだから、気がつくと華ちゃんを目で追っていることも。冷静にならなければ仕事に支障を来してしまう。もっと悪い状況は、華ちゃんに不審がられることだ。無理して平静を装うがために、反対に華ちゃんを避けてしまうようになった。

　華ちゃんにも話を聞きたい。そのためにはまず澪さんともう一度会って、これからどうしていくかを話し合わなければならない。そう、まずは澪さんに会わなければ。でもどうやって。

そして一週間経った土曜日。澪さんは突然やってきた。

いつものように一七時に仕事を終え、ロッカーからデイパックを取り出し、職員用通用門からロビーに出てロビーチェアで帰り支度を調えていたところに澪さんの声がした。

「こちらいいですか。」

あの日からは、もしかしたら澪さんが訪ねてくるかもしれない、とキョロキョロしながら歩いていた。この日もロビーの端から端まで見渡し、ちょっとがっかりして定位置に腰を下ろしたところだった。それだけに、突然現れた澪さんの姿と声に、何も言えずオロオロしてしまった。

「おどろきました？　びっくりさせようと隠れていたんですよ。」

そう言いながら見せるいたずらな目に、好感を抱かない男性はいないだろう。

「お、お久しぶりです。」

それほど久しくはないが、勝手に待ちくたびれていたわたしからすると、そういう気分だ。今日来るとわかっていたら、ロッカーからサンダルを持ってきたのに。と思ったが、今さら取りに戻るのも気まずいので、サンダルを返すのは次の機会にした。

「すわりますね。」

　返事を待たず、澪さんはわたしの右横に座った。同時に花の香りが漂った。澪さんの家の香りだ。というより、あのシャンプーやコンディショナーの香りであり、ボディーソープの香りだ。ちょっと懐かしく、ちょっとドキドキする香りに浸るわたしをよそに、澪さんは正面の図書館入り口を見つめながら話し始めた。

「お時間は大丈夫ですか？」

「はい。わたしは大丈夫ですが…、今日も華ちゃんは絵画教室ですか？」

「そうなんです。今日もたぶん七時くらいまでは頑張ると思うので、それまでの間、付き合ってください。」

　付き合ってくださいという言葉に、一瞬ドキッとする自分が恥ずかしく、照れ隠しに饒舌になる。

「先日お借りしたサンダルをお返ししようとロッカーに置いてあったのですが、まさかこのタイミングで来られるとは思ってなかったので、置いてきてしまいました。次の機会には必ず。」

「いいえ、本当にあれはいつでもかまいません。何だったら差し上げてもいいですよ。」

「そういうわけにはいきません。」

サンダルの話はどうでもいい。そんな空気を二人は同時に感じた。

「あの後、華は今まで以上にわがままになりました。特にわたしに対する甘えが激しく、要求もどんどんエスカレートしたように感じます。」

「お母さんはどうされたのですか。」

職場の前のロビーという場所がそう言わせるのか、今日は澪さんとは呼べそうにない。しかし当の本人はそんなことはお構いなしのご様子だ。

「この前お話ししていただいたように、これはわたしとの関係をやり直しているのだと思い、よほどのことでなければ許してあげました。」

「ハグもしました?」

「はい。五年生くらいだと恥ずかしがると思ったんですが。だまって抱かれているんです。こちらが力を抜いて離すまで。」

「他にはどんなことを?」

「わたしが台所に立っていると、後ろからしがみついてきたり、夜中にこっそりわたしの布団に潜り込んだりもしてきました。」

「お母さんは?」

「言われたとおり、全て受け入れました。華が満足するまで。」

「嫌でしたか？」

「とんでもない。はじめは少し照れくさかったんですが、華が幼児期のわたしとの関係を取り戻しているように、わたしも華との関係をやり直しているような気になって、もう無条件に愛しくて、かわいくて…、気がついたらわたしの方から抱きしめたり、頭をなでたりしてました。」

「それはよかったですね。」

「あなたのおかげです。」

『あなた』初めて会ったときに「小袋」と名乗ったが、名前で呼ばれたことはなく、澪さんにとってのわたしは『図書館の人』くらいだったのかもしれない。「あなた」に一階級昇格といったところか。

「他に変わったことはなかったですか。」

「変わったことではないんですけど、困ったことならありました。」

「困ったこと？　なんでしょう。」

「先週、あなたがいらっしゃってシャワーを浴びられたでしょう。あの後、絵画教室へ迎えに行って家に戻ってからの華の様子がちょっと変だったのです。」

「どんなふうでしたか？」

「玄関に入るなり、キョロキョロしてました。まるで何かを探しているかのように…。

それはリビングに行っても洗面所に行っても同じでした。獲物を探す野生動物のようと言えば大袈裟すぎますが、あちこち見回したり、匂いを嗅いだり…。」

華ちゃんが嗅ぎ回っている様子を想像するとおかしいが、そうした小さな変化というか、違和感に気づく子だと思うと、怖くなった。

「何か気づいたようでしたか。」

「それは大丈夫だと思います。『ママ、お風呂入ったの?』と聞かれたので、仕方なく『シャワーした。』と答えました。おかげでその日は華が寝るまでお風呂に入れませんでした。」

「ごめんなさい。」

「いえ、あなたを責めているわけではありませんので、お気になさらないでください。」

話を変えよう。

「澪さんのお母さんとは会いましたか?」

お母さんのお母さんというのも変なので、今日初めて澪さんと呼んだ。

「実はついさっきまで母のところに行ってましたの。」

「一人で?」

「はい、一人で。華は最近、おばあちゃんになつかないのです。学校に行っていないことについてあれこれ聞かれることが嫌みたいで、たまに連れて行こうとすると、露骨に機嫌を悪くして、わたしにあたってくるのです。」

「そうでしたか。」

「ですから今日も、昼過ぎに華を絵画教室に送った足で、母の家に行ってきたのです。」

「穏やかにお話しできたようですね。」

「そうですねぇ。華がいない分、わたしは母親としてではなく、娘として本音をぶつけられたのかもしれません。」

娘・澪と母

母が一人暮らしをしている実家に一人で帰ったのは何年ぶりだろう。記憶にないところから察すると、もしかしたら華が生まれる前、一一年も遡るかもしれない。

生まれ育った町の生まれ育った家。人口一〇万人を割った地方都市のかつての新興住宅地に立つ一軒家は、築四〇年を超え、お世辞にも立派といえるような状態ではなかった。玄関前の三段の階段や、そこから右に広がる猫の額ほどの庭の荒れ具合が気になる。あの頃は今ほどバリアフリーを考えることはなかったのでろう。わたしが小さいときはブランコを置いたり、バーベキューや花火を楽しんだ庭も、その役割をとうに終え、終活中といったところか。七〇歳を超えた母が一人で暮らすには、その家は広く、不自由なのかもしれない。

「ただいま。」

ここに来るときは、いまだに「ただいま」だ。

「あら、澪じゃない。どうしたの？　一人？　華ちゃんは？」

もう一度言う。

「た・だ・い・ま。」

「あっ、お帰りなさい。」

「今日は一人よ。華は絵画教室に行ったの。」

「そう、まぁ、中にお入んなさい。」

と、言われる前にわたしは靴を脱ぎ、ズカズカと中へ進んでいった。

ああ、うちの匂いだ。芳香剤や消臭剤でごまかさず、料理や洗濯などの生活から醸されたこの匂い。それぞれの家にそれぞれの匂いがあって、そこに住む人の生活がある。久しぶりに生活の匂いを感じることができた。そう、これがうちの匂いだ。今住んでいる家は、新築して五年しか経っていない。新築当初は「木の匂いがいいね」ななっていた。わが家特有の匂いは、できるだけ隠すのがいい、そんな風潮に流されていたことに、今気づいた。

どと喜んでいたが、生活の匂いが勝ると、花を飾り、アロマを香らせごまかすように

「ゆっくりしていられるの？　お茶を入れるわね。」
「あっ、これKWホテルのレストランのチーズケーキ。」
「あら、それならおコーヒーかお紅茶の方がいいかしら。」

そういうと、母は躊躇なく、コーヒーカップを二つ出し、インスタントコーヒーをその中に投入した。父が健在の頃は、ペーパーフィルターでゆっくりとコーヒーを落としていた母が、一人になると「こだわり」が薄れ、削がれ、どうでもよくなるのかもしれない。気がつけばダイニングテーブルの母の席から半径一メートルにテレビのリモコンから新聞、ハサミ、セロテープ、メモ帳、ティッシュボックス、常備薬、ポット…などが並び、たいていのものには手が届くように配置されていた。合理的だが決して見栄えはよくないダイニング。父の前では決して見せなかったであろう母の生活がそこにあった。そして当たり前のように化粧一つしていない母がそこにいた。

この人も夫の前では精一杯背伸びをし、頑張って愛される妻を演じていたのかもしれない。いや、演じていたなんていうのは母に失礼だ。そもそも愛の力とはそういうものだ。相手によく思われたい、きれいだと言われたい。それが仕事や生活全般を支

えるエネルギーになっていた。それが生きる糧となっていた。「愛は強し」である。その最愛の人を亡くして一〇年。母は愛されるべき自分を捨てた。生きていく最低限のことだけを考える一人の人間になった。バラの花のような美しさはない。しかし道ばたに咲くタンポポのような清さがあった。芳しい香りで魅了する色気はなくとも、踏まれても再び起き上がる強さがあった。そして娘であるわたしを見つめるやさしさと。

あの頃の母は娘であるわたしにとっては怖い存在だった。小さい頃からわたしは母の顔色をうかがいながら生きてきたように思う。母が望む娘になろうと、母の期待に応え、母に褒められる自慢の娘でありたいと。今日はそのことに決着をつけにきた。思いの丈をぶつけよう。怒りではなく悲しみを、わがままではなく寂しさを、娘として母にぶつけにきたんだ。

「こうして澪と二人きりで会うのは、もう何年ぶりだろうねぇ。二人っきりで向き合うなんて、もうないと思っていたよ。」

なにかを感じている。母も覚悟を決めているかのようだった。

「はい、コーヒー。チーズケーキを食べましょう。あら、おいしそう。」

そう言うと、母はケーキ皿も出さず、コーヒーカップのソーサーにのせた。フォークはスプーンやナイフ、お箸とともにテーブルの上の箸立てに刺さっている。

「わたしもいただこうかしら。」

そう言いながら、母と同じようにソーサーにチーズケーキをとった。ここのチーズケーキは、わたしが大学に合格したお祝いに、父に連れて行ってもらったホテルのレストランのチーズケーキだ。慣れないフランス料理に、どのナイフとフォークを使ったらいいのかわからず、キョロキョロしながら食べてたわたしと母は、せっかくのフルコースも、十分味わえずにいた。それでも数本ずつ並べられたフォークとナイフも使い切り、残るは小さなスプーンとフォークだけになったときに運ばれてきたのが、ケーキの割に大きな皿にのせられ、ベリー系のソースがいたずら書きのようにかけられたチーズケーキとコーヒーだった。「おいしい。こんなおいしいチーズケーキ、生まれて初めて。」フルコースを食べたあとに、そう言って喜ぶわたしを、複雑な顔で見る父と、「ほんとにそうね。おいしい。」と相づちを打つ母の顔が楽しくて、帰りのタクシーの中でもずっと話していた。

「このチーズケーキって、澪ちゃんの合格祝いのときに食べたケーキでしょう。」

ちゃんと覚えていた。うれしい。

「そう、わたしが世界で一番おいしいと思っているチーズケーキよ。だから一緒に食べようと思って。」

「あとでお父さんにもあげておくわね。二人だけずるいって言われちゃうから…。」

「あのときと同じ顔してどこかから見ているんじゃない？」

「おお、くわばら、くわばら。」

おおげさにそう言うと、母は笑顔でチーズケーキを口に運んだ。

「やっぱりおいしい。」

「ほんとね。この味は澪のお祝いの味だもんね。」

そうか、わたしはこのとき初めて母に褒められたんだ。いや、もしかしたらそれまでも何度も褒められてきたのだとは思う。しかし、それまでは一〇〇点取っても次も「一〇〇点取れるように頑張るんだよ。」と言われ、ピアノの発表会で上手に弾けた後でも「次はもっと難しい曲にチャレンジしようね。」と、一つ越えても次のハードル、次のハードルと、息をつかせせてもらえなかった。だからわたしはいつもびくびくしていたのかもしれない。しかし大学に入学すると、実家を出て一人暮らしを始める。電車で二時間ほどの県庁所在地である坂木市の大学に合格したわたしは、ようやく母の監視から逃れられる。そんな思いもあって、あの日のことは鮮明に記憶されているのかもしれない。いや、ちょっと待って。母もこのチーズケーキを見ると、わたしの合格祝いの日を記憶していた。何も言わずとも、このチーズケーキを特別なものとしてを思い出している。そうか。そうなんだ。わたしにとって母の呪縛から解放された日は、母にとっても大きな意味を持つ日だったんだ。専業主婦であり、家事や育児の一切を任されていた母にとって、父や父の両親からの評価は娘の成長だったのだろう。家事はできて当たり前、と褒められることは少なかったあの時代でも、娘の成績がよかったり、ピアノなどの習い事で立派な成績を収めたりすることが、母の評価につながっていたのだ。「澪ちゃんすごいわねぇ。」と褒められることは、澪ちゃんを育てている母がすごいと褒められていることだったのだ。だから、母はあんなにもハードルを上げ続け、わたしはそれに応え続けてきたのだろう。そうしてそれが大学合格とともに、わたしが家を出るとともに解放された。わたしも。母も。このチーズケーキの味は、そんなにも重い意味を持っていたのだ。

「で、話って何？」

チーズケーキを食べ終わった母が口を開いた。

「実はお母さんに言ってなかったことがあって…。」

「あら、なに？」

「華のことなんだけど…。」

「華ちゃん？　華ちゃんがどうかしたの？」

「実は華、もう一年以上も学校に行ってないの。」

「あら、そうだったんだぁ。」

母は表情一つ変えないでコーヒーを口に運んだ。

「驚かないのね。」

「そんなこともあるんじゃないかと思っていたからね。」

「どういうこと?」

「あんたと華の様子を見ていて、なんか感じることがあったんだよ。」

今日、はじめて「あんた」と呼ばれた。人前では澪とか澪ちゃんと呼ぶ母だったが、わたしと一対一で真剣な話をするときには「あんた」になっていた。「あんた」と呼ぶのは、母の心のスイッチが入った証拠だった。

「どういうこと?」

「あんたが華ちゃんに言う言葉が気になってしょうがなかった。あんたは華に「あれをしなさい。」「これをしなさい。」と指示をする。華ちゃんはそれに応えようと一生懸命。それができると、あんたはきちんと褒めてあげる。ああ、わたしにはできなかったことだなぁ、とあんたを見て反省することもあった。でも最後にあんたはこう言うんだよ。次はこれができるとママはもっとうれしいね、って。」

なにを言いたいんだ。

「そのときの華の目を見たことがあるかい?」

「もちろん、華の目を見て話しているから。」

「いや、見てなかったよ。あんたは今の華でなく、次の目標を達成する華を見ていた。

少なくともわたしにはそう見えたんだよ。」

　そうかもしれない。

「なんで言ってくれなかったの。」

「言おうと思ったよ。でも言えなかった。華を見るあんたの目は、澪を見るわたしの目だったから。」

「ええ?」

「あんたはしっかり華ちゃんを褒めようと頑張ってきた。自分が小さい頃は母親から褒められたこともなかったろうに。そんなあんたを偉いと思っていたし、華ちゃんも幸せだと思っていたんだよ。でも、そう言いながらあんたの目は今の華ちゃんではなく、明日、次の目標に向かって頑張る華ちゃんを見ていた。だから華ちゃんは、褒められても褒められても寂しい目をしていたんだよ。」

「…」

「ごめんね。全部わたしが悪いんだよ。」

　母の目から涙が流れ落ちた。

「あんたにわたしが強いてきたことを、あんたは華ちゃんにすまいと、必死に戦ってきたんでしょう。華ちゃんを一生懸命褒めるあんたを見てわかったよ。わたしは褒められなかったけど、わたしは褒める、と。しかし、心の奥深くにある何か、もっともっと褒められる子になってほしい、もっともっと褒められる娘を育てた母親として見られたい、という気持ちが、結果的に華ちゃんを苦しめていたんじゃない。」

なんなんだ。母にはわたしの気持ちがお見通しということか。

「今日、一人で帰ってきたあんたを見て、なんとなくわかったよ。ごめんなさい。小さい頃からつらい思いをさせていたね。本当にごめんなさい。」

泣きながら母は両手でわたしの両手を包んでいた。わたしの目からも大粒の涙が流れ落ちていた。

「お母さん。」

「澪。」

「もっと、褒めてほしかったよ。もっともっと甘えたかったよ。」

「ごめんね。」

感情を抑えることができなくなっていた。

「もっと休みたかったし、もっと一緒に遊びたかったよ。」

「ごめんね。本当にごめんね。」

「大好きだった。お母さんが大好きだったの。」

「わたしも澪が宝物だったんだよ。」

「お母さん。」

その後は顔をぐしゃぐしゃにしながらオイオイ泣き、気がつくと子どもの頃の話をしながら笑っていた。目を赤くして、涙を浮かべながらいつまでも笑っていた。

ロビーチェアにて

「こ・ぶ・く・ろ・さ・ん。こ・ぶ・く・ろ・さ・ん。」

「あぁ、すみません。なんか、よかったなぁと思って…。」

話を聞きながらわたしは泣いていた。華ちゃんとその母さんの澪さん、そして澪さんのお母さん。母娘三代にわたって一人一人を苦しめていたしがらみが、華ちゃんの不登校という勇気ある行動によって少しずつほどけ、母娘関係を確かめることができたのだ。

「小袋さんのおかげです。」

「いいえ、わたしはなにもしていません。澪さんが華ちゃんやお母さんと真剣に向き合ったからできたことです。その勇気が二人の心に届いたのだと思います。さぞかし苦しかったでしょう。」

「あ、ありがとうございます。」

できれば澪さんを抱きしめ、この感情を共有したいと思ったが、職場の真ん前のロビーチェアである。涙を流しているだけで違和感なのに、抱きしめるなんて…。

「本当にありがとうございました。」

そんなことを考えているわたしをよそに、澪さんは立ち上がり、わたしの手を取りわたしを引き上げると、立ち上がったわたしに抱きついてきた。

「わたし、本当によかったです。本当に本当にありがとうございました。」

「み、みおさん、こんなところで…。」

こんなところでなければうれしいような言い方をしてしまったと思ったが、その通りなのでしかたがない。わたしの首に回された澪さんの腕をほどこうとして持ち上げたわたしの両手は、わたしの意志とは反対に澪さんの背中にしっかりとまわっていた。

至福の時間は短いからこそありがたみが増す。二人の、というかわたし一人かもしれないがいろんな意味でうれしい時間は、澪さんのスマホのバイブで切り裂かれた。

「あら、華かしら。」

わたしの首にかけられた両の腕をあっさりと外した澪さんは、わたしから離れると、スマホを片手にロビーの奥へと進んでいった。感動の抱擁から突然放たれたわたしは、手持ち無沙汰と照れ隠しで頭をかきながら、ロビーチェアに腰掛けた。こういうとき、人は本当に頭をかくものなのだ、と妙に納得しながら。抜け殻のように座るわたしのもとに、何事もなかったように戻ってきた。

「華、終わったみたいです。今日は本当にありがとうございました。このお礼は、また日を改めてさせていただきます。それでは失礼します。」

「はぁ。」

いやいや、「ハァ」じゃないだろう。と思ったときにはもう澪さんはその場を去っており、こういうところがだめなんだよなぁ、と思ういつものわたしがいた。

でも、なんか今日はいい日だった。少し遅くなったけど、帰るとしよう。ちょっとにやけた顔で、スキップしたい気持ちを抑えながら。

次の火曜日

気分のいいまま日曜日は図書館業務に励み、休業日である月曜日をだらだら過ごして火曜日を迎えた。この日の午前中、華ちゃんは顔を見せなかった。午後一時、二時を回っても姿を見せない。今日は来ないのかなぁ、と思った三時過ぎに一人で図書館に現れた。いつものように黒いパーカーをフードまで被り、濃いブルージーンズ姿。おまけに定番のマスクまで着けているので、逆に目立ちすぎる。

華ちゃんは、いつものように読みたい本が見つかるまで歩き回り、いつもの場所で読むのだろう。だれも声はかけない。目も合わせない。しかし、だれもが目の端でしっかりと追いかけていた。わたしも返却本を書棚に戻しながら目の端で華ちゃんの姿を追っていた。絵本コーナーを曲がり、児童書、図鑑、そこを曲がると専門書…。

「あれっ。」

一瞬華ちゃんの姿が消えた。すると、誰かが指でわたしの背中を突いた。

「こんにちは。」

「ええ?」

振り向くと目の高さにはだれもいない。目線を落とすと、そこに華ちゃんがいた。

「あっ、こんにちは。はじめまして、ではないね。」

「この前、クレープのときにママと話してたでしょう。」

「ええ。」

「はい」というのは違う気がする。でも「いいえ」とも言えない。こういうときは「はぁ」とか「えぇ」あたりがいいらしい。

「少しお話ししていいですか?」

いやいやここは図書館だから、と他の子なら断るところだが、不登校が長引き、他人を拒絶しているかのように振る舞うこの子が、ようやく口を開いてきたのを無下にはできない。ましてや澪さんの娘さんだ。関係がまるきりないわけではない。ただし、他の職員の手前もある。ちょっと難しい選択だ。

「いいから、いいから。」

そう言うと、華ちゃんはわたしの手を引っ張り、いつもの椅子までわたしを連れて行った。こんな行動力がこの子にあったのか、と驚きながらついて行った。

自分はいつもの一番端に、その横にわたしを座らせた華ちゃんは、たぶんニコニコしながら、こう言った。

「こぶくろさんっていうんでしょう。ママから聞きました。」

「えぇ？」

澪さんがわたしの話をしたということか。わたしの何を、どこまで…。

「最近のママ、すごく変わったの。なんか別人みたい。」

午後の図書館で、この手の話はどうかと思われたが、この子はみんなが気にしていた子だ。幸い他の客もそれほどいない。わたしは主任に目で合図して、ここで華ちゃんの話を聞くことにした。

「土曜日の絵画教室の帰りの車でママが話したの。図書館に三〇代くらいの男の人がいるでしょう。ママ、あの人と話してなんかすっきりしたというか、とってもいい気持ちになったの、って。」

「ど、どの話のことかなぁ。」

「それは詳しくは教えてくれなかったんだけど、とにかく華もあの人と話してみたら、っていうの。あの人は『こぶくろ』さんといって、その名前からもわかるように森の知恵袋『フクロウ』のような人なの、って。」

そんな立派なもんじゃない。

「わたしって、フクロウが大好きなの。わたしの部屋にはフクロウのぬいぐるみがたくさんあって、毎日フクロウに囲まれて寝ているの。」

そうなんだぁ。でもわたしは小袋だし…。

「もう、なんかめんどくさくなってきた。」

そう言うと華ちゃんは、パーカーのフードを下げ、マスクを取った。クレープを食べてるときには、こっそり横目で見たけど、面と向かって顔を見るのははじめてだ。

やっぱり澪さんに似てかわいい。

「わたし、今日学校に行ったんです。」

ええ？　なぜそれを先に言わない。でもここは平静を装った方がいいかもしれない。

「へぇ、そうなんだぁ。学校に行ってなかったんだ。」

「そう。三年生の終わりくらいから行けなくなっちゃって…。」

喜んだ方がいいのだろうか。なんとも微妙な空気が流れている。

「よかったじゃない。楽しかった？」

楽しかった？　は余計だったと後悔した。

「別に楽しいってわけじゃなかったけど…。」

そりゃそうだ。少し話題を変えよう。

「お母さんは喜んでくれた？」

「びっくりしてた。だって、朝起きたら、いきなりわたしが『学校に行く』って言ったもんだから。教科書はどれ？　時間割は？　華は一組だった？　それとも二組？　上履きもいるよね。って、もうパニック。それがおかしくって、もう朝から大爆笑って感じ。」

こんな風にいたずらな顔をして笑う子なんだと初めて知った。

「それでも友だちのお母さんに電話して時間割とか教えてもらって、学校にも電話した方がいいわよ、っていわれて、担任は誰？　ってなってまたパニック。」

落ち着いた奥様というイメージの澪さんからは想像はつかないが、うれしい気持ちの中で慌てて準備をしていたかと思うとがなんとも微笑ましく思えた。

こんな時に、「どうして学校に行ったの？」や「学校はどうだった？」はしてはいけない質問だ。

「だから今日はなかなか顔を出さなかったんだぁ。風邪でも引いたんじゃないかと心配していたんだよ。」

「いつも学校に行っている時間に来てるもんね。」

「いや、その〜。」

これもだめだったか。

「フクロウさん、ママとどんな話をしたの？」

「こぶくろだけど、まぁどっちでもいいや。わたしは何も。ただお母さんの話を聞いただけだよ。」

「どんな話？」

「華ちゃんという娘がいて、とっても頑張り屋さんで、いい子なんだけど、学校に行けなくなっちゃった、ってことや、自分の子どもの頃の話なんかをしてくれたよ。」

「へぇ〜、頑張り屋さんでいい子かぁ。今はちょっとうれしい。三年生の頃は嫌だったけどね。

おばあちゃんのことはなんて言ってたの？」

「子どもの頃は、プレッシャーだったみたい。期待に応えなければ、って自分を追い込んだりもしたみたいだよ。」

あれ、どこまで話していいんだろう。華ちゃんが来たことを澪さんは知っているのだろうか。わたしに会うように促しているってことはいろいろ話してもいいってことだよなぁ。

「ちょっと、聞いてる?」

「あっ、ごめんごめん。ぼーっとしていた。」

「もう、フクロウさんは彼女とかいるの?」

「ええ～、言わなきゃだめ?」

「ってことはいないいんだ。」

勘の鋭い子だ。

「ママのこと好きでしょ。」

なにー。

「そんなことあるわけないじゃないか。」

「うちにも来たでしょ。」

「それはないよ。」

「おかしいなぁ、そんな気がしたんだけど…。」

危ない危ない、鎌をかけられている。

「今日一日、疲れたんじゃない?」

「そうなの、体はすっごく疲れているんだけど、頭はさえていて、目もギラギラって感じ。」

「アドレナリンが出ているのかもね。」

ちょっと難しい言葉をあえてぶつけた。

「そうアドレナリンとドーパミンが出まくっているという感じ。」

なんとドーパミンを重ねてきた。五年生恐るべし。

「わたしの話も聞いてくれるの？」

「もちろんだよ。でも仕事中はちょっと厳しいかも。」

「仕事は何時まで？」

「一応五時までだけど…。」

「じゃあ、今度から五時に図書館の前の椅子で待ってるね。」

「いや、その時間から話したら遅くなっちゃうよ。ママが心配するよ。」

「もちろんママも一緒に来るね。話には参加させないけど…。」

「まぁ。ママがいいと言うんならいいけど…。」

「約束よ。」

元気がいい。確かにアドレナリンとドーパミンが出まくっているのかもしれない。

そんな会話をあろうことか図書館の片隅で堂々と話している。ふと周りを見回すと、遠くの方から優しい視線を感じた。澪さんだ。わたしと視線が合うと、微笑みながら近づいてきた。

「こんにちは。華がお世話になっています。」

いたずらな目になっている。

「違うよ、ママがお世話になっているんでしょ。」

すかさずチャチャを入れる。

「あら、そうかしら、今日はすっかり華のお友達のようでしたけど。」

「いや、今日初めて話したんですよ。ねぇ華ちゃん。」

「ほら、もう華ちゃんなんて呼んでいる。」

「もう、わざと意地悪言ってるんでしょう、ママ。」

楽しくなってきてどんどん声が大きくなってきた。

「あの～、ここは図書館ですので…。」

我に返ってそう言うと、母娘も口に手を当てて声を潜める。

「しーっ。」

三人の声が小さく重なった。

顔を見合わせたところで澪さんが華ちゃんの手をやさしく引いた。

「さあ、帰りますよ。華も今日は疲れたでしょう。」

「うん、なんだか眠くなってきた。ママ、一緒に寝る？」

「えぇ？　また？　もう仕方ないんだから。」

「とかなんとか言って、いつもママの方が先に眠るくせに…。」

「それは関係ないでしょう。」

もうわたしのことなど眼中にないようである。似たもの同士の頑張り屋の母娘は、きゃっきゃ言いながら図書館から出て行った。わたしの方を振り返ることもなく。


そのままわたしはカウンターの山本さんのところへ行った。

「お騒がせしてすみませんでした。」

「いつからあんなに仲よくなったの?」

「いや、今日が初めてです。」

「そんなふうには見えなかったけど。」

「お母さんからの相談は受けましたが、子どもの華ちゃんと話したのは本当に今日がはじめてだったんです。」

「それにしては仲よさそうでしたよ。三人家族みたい。」

「いやいや山本さんまでからかわないでくださいよ。華ちゃん、今日学校へ行ったんですよ。もう一年半くらいぶりに。」

「それはよかったね。そのことと小袋君に関係があるの?」

「あると言えばあるし、ないといえばないかも…。」

「どっちなの。」

「関係あるかなぁ。」

「やっぱりそうじゃない。」

「なんかうれしいですね。」

「そうね。顔が見られなくなるのはちょっと寂しいけど、喜ばしいことよね。」

「はい。」

場違いな元気で返事をすると、やはり場違いな小走りで書架に戻った。

返却本を書架に戻しながら本の整理をしていても、華ちゃんと澪さんのことが頭から離れなかった。

一年半にもわたる不登校は、いったい何のためにあったのだろう。きっかけは担任の先生との相性だったり、言葉掛けだったかもしれない。それから学校や担任、友だちへの不信というか不安が蓄積され、考え、思い、悩むうちに、そこではなく自分の内面に対する不安がどんどん膨らんでいったのではないだろうか。わたしは何のために学校に行っているの？　だれのために頑張っているの？　そもそもわたしって誰？どこに向かっていくの？　といったまさにたくさんの「？」の中で、もがき、苦しみ、ある日ついに学校へ行かなく、いや行けなくなる。

それは学年が上がり、担任が代わっても続いた。この時点で、担任や友だち関係だけが原因ではないことがわかる。華ちゃんの不登校には、本人すら気づいていない原因、いや目的があったのかもしれない。そのキーパーソンは母親である澪さんだった。

澪さん自身、小さい頃から母親の期待に応えようと頑張り、もっと、もっとさらに頑張ることを期待され、応え、もがき、疲れ果て、逃げたいと思っていただろう。しかし澪さんはその場から逃げられず、また期待に応えようと頑張りもがき続ける子ども時代を過ごした。母親に認められたい、いや単純に抱きしめられたいと思いながらも、上手に甘えられず、大好きゆえに近づけない微妙な距離感の母娘関係があった。

学校で嫌なことを言われたり、いじめや意地悪をされたとしても、ほとんどの子は不登校になったり、自死を選んだりはしない。それは、家庭という安心できる場所があり、そこに戻ることによって保護されている、大切にされている存在としての自分を確認し、心と体を休め、エネルギーをチャージすることができるからだろう。であればこそ、たとえ厳しい環境であっても学校に行くことができるのだと思う。

戦士は、安全が保障されている基地で十分な休息とエネルギーチャージを終えたればこそ、戦場に向かい、戦うことができる。もし、心と体を休め、エネルギーを蓄えるはずの基地が、敵襲の危機に瀕しているとしたら。いや、互いの命を預け、預けられるべき戦友同士が互いに信頼できるような関係でなかったら、次の日、戦場に向かうことはできない。いや、布団から起き上がることすらできないのではないだろうか。

大人の関わり方も変わった。頑固親父は昔の話としても、教育ママも影を潜めて久しい。代わりに出てきたのはお受験ママか。家父長制の名残が色濃く残る封建的な社会や家庭の有り様は完全に否定され、無数にあるハラスメントにひっかからないように網の目をくぐり抜けるようない人間関係の中、学校の先生も親も、本気で子どもに向かうことが難しくなっている。たたく、怒る、叱る…がどんどん減り、褒める、認める、共感する、自己決定させる…が大切にされる時代。そうして育っていく子どもたちは、新しい時代を築く大人になっていくであろうが、たたかれ、怒られ、叱られて育ちながら、たたけず、怒れず、叱ることすらできない今の親世代の心のゆがみは誰が褒め、認め、共感してくれるのだろうか。今の子どもたちが抱える不登校や問題行動の原因の一つに、過渡期における親子関係の歪みや、親の世代が抱える社会変化への不適応や自己有用感の低さがあるような気がする。そう考えれば、ママが変わったことをきっかけに、華ちゃんが学校に戻ることができたことも合点がいく。

あの母娘は、ここへはもう来ないかもしれない。何の根拠もないが、そう思った。

闇夜に目が利くフクロウは、それ故昼間の光の中では自由に飛び回ることはできない。わたしがフクロウであるならば、暗闇に迷い込んだ者たちに進むべき道を示すことができる。いや、進むべき道を示すなんておこがましい。ここにいても大丈夫だよ。明るくなったら自らの進むべき道を探して歩き出せばいい、と不安を和らげることができるかもしれない。しかしまわりが明るくなればもう用はない。第一わたし自身動きがとれない。それはちょっと寂しいかな、と思ったが、そういう役回りもありだとすぐに思い直した。

一年後

予想通り、あの後、あの母娘が図書館に来ることはなかった。昔から負の方向の予想ほどよく当たる。それでも別の誰かから声をかけられ、相談を受けることはあった。たいていは聞いているだけで、自分で解決策を見付けていくのだけど、それでも感謝されて悪い気はしない。

市の出先機関が入った合同庁舎の一角にわたしが勤める図書館がある。合同庁舎の玄関を入ると、吹き抜けの広いロビーがあり、その奥の生涯学習プラザの前には、円形に並ぶロビーチェアがある。中央に観葉植物が置かれ、台形の椅子が背中合わせに円を描くように並んでいる。

今日もわたしは、そこに座って帰りの身支度を調える。

「こんにちは。」

突然後ろから声がしたかと思ったら、わたしの両サイドのロビーチェアに勢いよく座ってきた二人。右手は大人の女性、左手の御仁はまだあどけなさが残るのか、大胆にも腕を組んできた。澪さんと華ちゃんだ。

「びっくりしたでしょう。」

華ちゃんの声。この年頃の女の子の成長には驚かされる。一年で華ちゃんはずいぶん大人になった。背も伸びて澪さんとほとんど変わらない。女の子から女性に変わる年齢なのだろう。やんちゃな表情を見せても、こちらはドキッとしてしまう。さらに驚いたのは華ちゃんの服装だ。カジュアルなTシャツにショート丈のジージャンを羽織り、膝上丈のスカートをはいている。髪は後ろで一つに束ねたポニーテール。おでこまで全開だ。フードをかぶり、顔のほとんどを隠していたあの頃とはまるで別人だ。

「びっくりしましたよ。もう、突然なんですから。」

「華がねぇ、フクロウさんどうしているかなぁ、って言うんです。だからわたしも気になって、じゃあ、一緒に行ってみようか、てなって…。」

澪さんも雰囲気が変わった。これまでの奥様スタイルからショートヘアにパンツスタイルへ変身。カジュアルというか、アクティブな感じ。「綺麗」なご婦人から「カッコイイ」大人の女性に変身したように見えた。

「だからって脅かさないでくださいよ。もう寿命が縮みましたよ。」

「本当はママに会いたくて仕方なかったんでしょう。」

「こら、華、何を言うの。」

「だって、フクロウさん、ママのことが好きなんでしょう。」

「い、いや、そんなことはありませんよ。」

そんなことはありませんよ、っていう返事はどうだったんだろう。

「でもよかったです。二人とも元気そうで。」

この様子なら何を聞いても大丈夫だ。

「学校へは行っているんですか?」

「どう思います?」

澪さんのいたずらっぽい表情は変わらない。

「図書館に来ていないところを見ると、学校に行っていると思ってましたけど…。」

「半分正解。」

華ちゃんも負けじといたずらな表情で答える。素直にかわいい。

「半分って？」

「行ったり行かなかったり。でも前よりはずっと行ってるよ。修学旅行も行ったし、運動会も出たよ。」

「それはよかったね。」

「でも休む日もあるの。ねぇママ。」

「そうねぇ。わたしも休みたかったら休んでもいいと言っているの。ただし、体調が悪いわけではなかったら、家でゴロゴロしてたり、図書館を徘徊するのはダメと言ったんです。」

「図書館を徘徊って…。」

「いえ悪い意味でなく、この子が小袋さんと仲よくなっていくような気がして…、まぁそのこと自体はうれしいことなんですけど、図書館が居心地のいい場所になりすぎては困ると思ったんです。」

「はぁ。」

微妙な返事をしてしまった。

「ではどうしていたんですか。」

「休んだ日は、わたしと一緒に買い物に行ったり、家事をさせたり、一緒にドライブに行ったり、とにかく動き回りました。」

「海に行ったり、ショッピングモールに行ったりして楽しかったなぁ。あっ、おばあちゃんちにも何度か行ったの。」

「それはよかったですね。」

華ちゃんにではなく、澪さんに答えてしまった。

「母娘《おやこ》三代にわたるしがらみを、上手にほどいてもらったので、三人、なんかすごく仲よしになったんです。」

「おばあちゃんも一緒に出かけたりもしたのよ。ママの小さい頃の話もたくさん教えてくれて、楽しいの。」

いい関係だ。

「お父さんの話が出てこないけど…。」

ちょっと意地悪な気持ちで聞いてみた。

「パパは忙しい、忙しい、って全然相手にしてくれないの。」

「もともと育児には口も手も出さない人でしたけど、思春期にさしかかった華を相手にするのは難しいみたい。適当に距離を取って、たまに口とお金を出すくらいの関係が今は一番いいのかもしれません。わたしも気が楽だし。」

わたしを挟んで華ちゃんと澪さんはキャッキャ言いながら話し続けた。

華ちゃんが学校へ行かなかった理由というか目的は、ここにあったのかもしれない。

大好きで、一番認めてほしくて、一番甘えたい母親との関係を取り戻すこと。そのためには、その母親が抱えてきた荷を下ろす作業が必要なこと。そうしてそれに気づかせてくれ、後押ししてくれる存在が必要だということを、この子は本能的に感じ、行動に移していたのかもしれない。

人間の感情や行動には、原因があるのではなく、目的がある

アルフレッド・アドラーの言葉を借りるまでもなく、わたしたちは無意識のうちに、こうなってほしい、こうありたいと願う未来の姿を思い描き、そこに至るまでの道筋を自らの選択によって決め、行動しているのかもしれない。いや、行動しないという行為も一つの行動であり、意志の表し方だろう。

そう考えれば、不登校も学校に行かないという現象面で見るのではなく、何らかの目的をもって学校に行かないという手段を選択し、行動に移していると考えることができる。

「ちょっと、聞いてる～。」

華ちゃんの声で現実に戻される。

「ママ、フクロウさん、また話聞いてなかった。」

「ごめん、ごめん。つい考えごとをしてしまって…。」

「信じられない。こんな美人親子に挟まれて、考えごとをするなんて…。」

「きっと、お疲れなんでしょう。」

「にしてもよ。」

「そうね。お詫びのしるしに何かごちそうしてもらおうかしら。」

「賛成ー。外にクレープのキッチンカーがいたから、わたしが買ってきまーす。ママは何がいい？」

「ママは、バナナチョコクリーム。生クリームマシマシで。」

「前も同じだったような気がする。フクロウさんは？」

「わたしも同じ物を。あっ、でも生クリームは増さないで。」

「オッケー。わたしはイチゴチョコクリームの生クリームマシマシね。」

「じゃあ、はい。」

　華ちゃんは、躊躇せずにわたしの方に手を出した。本当にわたしが払うんだー。まぁいいかな、この二人なら。

「じゃあ、これ、はい。」

　ジャケットの内ポケットから財布を出し、これくらいかなぁと三千円を手渡した。三千円を受け取った華ちゃんは、一瞬笑顔を見せた後、踵を返して外に向かってかけていった。

きっとわたしと澪さんを二人きりにしてくれたのだろう。そういうことに気がつく子だ。そういうことに気がついて、きちんと行動できる子だ。わたしや澪さんだったら、そうしたいと思っても、きっとそうはできない。

そんなことを考えながら華ちゃんの後ろ姿を目で追った。

「ごめんなさい。本当はもっと早く報告にと思っていたんだけど、わたしの方が踏ん切りが付かなくって…。」

「踏ん切り?」

「実は離婚するのです。」

「ええ?　リ・コ・ン。ご主人と?」

「当たり前じゃないですか。」

「でもどうして?」

「華を見て思ったんです。行動しなくちゃって。」

「それが離婚?」

「わたし、結婚もどこか母が望むような、世間的にもよさそうな相手と、それなりの年齢でそれなりにしてしまった気がして、そのことがずっと引っかかっていたんです。」

「はぁ。」

　久しぶりの微妙な返事。

「主人に不満があるわけではないのですが、このまま歳を重ね、華も家を出た後、二人で生活している姿が想像できないのです。経済的にも社会的にも主人の傘に守られて生活していますが、それでは母の顔色をうかがいながら生活していたあの頃と同じなんだと気づいたのです。せっかく大学に行き、就職し、自分の足で歩く術を身につけたと思っていたのに、気がつけば結局誰かの傘の下で生きる道を選んでいた。そのことに華は気づかせてくれたのです。」

「ご主人はなんと…。」

「もちろん大反対です。毎日のように話し合い、説得され、泣きつかれ、時には脅され、それでもわたしの意志が変わらないどころか、ますます強固になっていく様子を見て、しかたない、とようやく認めてくれたのです。」

「大変でしたね。」

「そのために一年かかりました。小袋さんに相談して乗り越えるのではなく、自分の力で乗り越えて小袋さんに報告しに行こう、と決めていました。今日、ようやく報告できました。」

　よく頑張りましたね、と力いっぱい抱きしめてあげたい気持ちを抑えながら、それでもわたしも勇気を出そう、と澪さんの両手を取り、力強く握りしめた。

「よく頑張りました。」

　小さくそうつぶやくことが精一杯でした。

「ありがとうございます。わたしも一歩踏み出せました。」

　両方の手から澪さんの熱さが伝わった。職場の前で、誰かに見られたらどう思われるだろうか、と一瞬頭をよぎったが、澪さんの行動力に比べればなんと小さなことかと思い直し、握る手にさらに力を込めた。

「家は出るのですか？」

「はい、でも仕事が決まって落ち着くまでは、母のもとへ行こうと思っています。元気そうに見えても、母の一人暮らしも心配ですし、一緒に住むいい口実ができました。」

「でも離婚には反対したでしょう。」

「以前の母なら縁を切られていたかもしれません。でも母も変わり、わたしの気持ちを尊重してくれるようになったのです。それもあって離婚に踏み切れたのかもしれません。」

「華ちゃんはどうするのですか？」

「自分で決めなさいと言っています。これまでのこと、今のこと、将来のことを考え、どちらと一緒に住むかを決めなさい、と言いました。離れて暮らしたとしても、あの人は華のパパだし、わたしが華のママであることには変わりないのだから、と。」

「華ちゃんなら大丈夫です。あの子は強いから。」

「そうですね。親であるわたしが言うのも何ですが、あの子はしっかりした考えをもっているので、あの子なりに最善の結論を出すと思います。ドキドキですけどね。」

「なんか、これまでよりも苦労するであろう未来が待っているのに、楽しそうですね。」

「そうなんです。ドキドキが止まらないです。」

「あれ～、手を取り合ってる。」

突然の声に、二人とも手を引っ込め、何食わぬ顔をして前を向いた。

「遅い遅い、もうしっかり見たからねぇ。ママも娘の前でよくやるわよ。」

「いや、そんなんじゃなくて…。」

…そんなんじゃないんだ。ちょっとがっかり。

「もう、華もこっそり戻ってくるなんてずるいじゃない。」

「別にこっそり戻ってきてはいないよ。そっちが気づかなかっただけ。」

「もうどっちでもいいわ。それより早くクレープちょうだい。」

「はい。ママは、バナナチョコクリームの生クリームマシマシね。」

「ありがとう。」

「それでフクロウさんはバナナチョコクリームの生クリームマシマシなしね、はい。」

「あっ、どうもありがとう。」

「へへっ。」

「何かおかしい？」

「だってフクロウさんのお金だし…。」

「まぁ、そうだけど…、でも買ってきてもらったし。」

「まぁいいわ。わたしはイチゴチョコクリームの生クリームマシマシを買わせていただきました。ありがとうございます。」

「ではいただきましょう。」

なぜか澪さんが仕切る。

「いただきます。」

「いただきます。」

ロビーチェアに座った三人は、微妙に違う方向も見ながら、大きな口を開けてクレープを口に入れた。

「おいしい。」

「でしょう。」

「ママにも一口ちょうだい。」

「えぇー、どうしようかなぁ。」

「ママのもあげるから。」

「じゃあ、交換。」

楽しい母娘関係だ。この関係がいつまでも続くことを心から願う。そのステージにわたしはいない。澪さんの第二幕にわたしは登場しない。そうとわかっているのに、この清々しさはなんだろう。


市の出先機関が入った合同庁舎の一角にわたしが勤める図書館がある。合同庁舎の玄関を入ると、吹き抜けの広いロビーがあり、その奥の生涯学習プラザの前には、円形に並ぶロビーチェアがある。中央に観葉植物が置かれ、台形の椅子が背中合わせに円を描くように並んでいる。

仕事終わりにわたしは、毎日そこに座って身支度を調える。

そこに座る人は、それぞれが違う方角を向き、誰一人として目を合わすことはない。言葉を交わすこともない。

今日もわたしはそこにいる。

このロビーチェアに。

完

著者プロフィール

おーさか充（おーさか　みつる）

本名：大坂充

1962（昭和37）年　北海道小樽市生まれ。

1987（昭和62）年　北海道教育大学釧路分校卒業。

1987（昭和62）年　島牧村立原歌小学校を振り出しに、小樽市立銭函小学校、幸小学校、長橋小学校で教諭として、小樽市立銭函小学校、花園小学校では教頭、そして小樽市立忍路中央小学校、奥沢小学校、手宮中央小学校、稲穂小学校では校長として小学校教育に携わる。

2023（令和5）年3月　稲穂小学校校長を退職後は、北海道岩内郡共和町教育委員会に勤め、適正配置推進室事業推進係主任専門員として2028（令和10）年開校予定の共和町立義務教育学校の開校準備を進めている。

ロビーチェア

2025年４月15日　初版第１刷発行

著　者　おーさか充

発行者　瓜谷 綱延

発行所　株式会社文芸社

〒160-0022　東京都新宿区新宿1－10－1

電話　03-5369-3060（代表）

03-5369-2299（販売）

印刷所　株式会社暁印刷

©OSAKA Mitsuru 2025 Printed in Japan

乱丁本・落丁本はお手数ですが小社販売部宛にお送りください。

送料小社負担にてお取り替えいたします。

本書の一部、あるいは全部を無断で複写・複製・転載・放映、データ配信することは、法律で認められた場合を除き、著作権の侵害となります。

ISBN978-4-286-26356-4